사피엔스 한국문학

중·단편소설

19

# 하근찬

수난이대

흰 종이수염

나룻배 이야기

왕릉과 주둔군

사피엔스21

사피엔스 한국문학 중·단편소설 19
하근찬 수난이대

1판 1쇄 펴낸날 2012년 7월 6일
2판 2쇄 펴낸날 2020년 6월 25일

**지은이** 하근찬
**엮은이** 김경원
**펴낸이** 최병호
**본문 일러스트** 이경하
**펴낸곳** (주)사피엔스21
**주소** 10403 경기도 고양시 일산동구 중앙로 1233 현대타운빌 205
**전화** 031)902-5770 **팩스** 031)902-5772
**출판등록** 제22-3070호
ISBN 978-89-6588-141-4 44810
ISBN 978-89-6588-072-1 (세트)

* 파본은 교환해 드립니다.

# 하근찬

수난이대
흰 종이수염
나룻배 이야기
왕릉과 주둔군

사피엔스 한국문학 중·단편소설 19 | 엮은이 · 김경원

# 사피엔스 한국문학 - 중·단편소설을 펴내며

『사피엔스 한국문학』은 청소년과 일반 성인이 한국 문학을 대표하는 작가들의 대표 작품을 편하게 읽으면서도 한국 현대 문학의 흐름을 이해하는 데 다소라도 도움이 되도록 기획한 선집(選集)입니다. 이미 다수의 한국 문학 선집이 시중에 출간되어 있으나, 이번 선집은 몇 가지 점에서 이전 선집들과의 차별화를 시도하였습니다.

첫째, 안정되고 정확한 텍스트를 독자에게 제공하는 데 주안점을 두었습니다. 문학 작품은 말 그대로 언어라는 실로 짠 화려한 양탄자입니다. 더군다나 한국 문학을 대표하는 작가들의 대표 작품들이라면 두말할 나위가 없겠지요. 이들 작품을 감상하는 데 있어서 정확하면서도 편안한 텍스트를 제공하는 것은 선집이 지녀야 할 핵심 덕목이라고 할 수 있습니다. 그래서 이번 선집은 각 작품의 최초 발표본과 작가 생애 최후의 판본, 그리고 가장 최근에 발간된 비판적 판본(critical version) 등을 참조하여 텍스트에 정확성을 최대한 기하되, 현대인이 읽기 쉽도록 표기를 다듬었습니다. 또한 낯설거나 어려운 낱말에 대한 풀이를 두어서 작품 감상의 흐름이 끊어지지 않고 작품에 자연스럽게 몰입할 수 있도록 편집하는 데 많은 노력을 기울였습니다.

둘째, 선집에 포함될 작가와 작품을 선정하는 데 고심에 고심을 기울였습니다. 물론 기존 문학 선집들의 경우에도 작가 및 작품 선정에 그 나름의 고심을 기울였을 것입니다. 하지만 문학 선집이라는 것은 시대의 흐름과 독자의 취향, 현대적 문제의식 등을 종합적으로 고려해야 하는 것이어서, 시간이 지나고 세상이 바뀌면 작가 및 작품의 선정 기준과 원칙도 달라질 수밖에 없습니다. 이번 선집은 이러한 점들을 고려하여 작가와 작품을 엄선하되, 오늘을 살아가는 청소년과 일반 성인들이 갖고 있는 문제의식 및 취향에 부합할 수 있도록 노력하였습니다.

셋째, 청소년을 위한 최선의 한국 문학 선집이 될 수 있도록 하였습니다. 오늘날 세상은 디지털 문명으로 매우 빠르게 흘러가고, 우리 청소년들은 입시의 중압감과 온갖 뉴미디어의 홍수 속에서 자칫 마음을 키우고 생각을 넓히는 데 소홀해지기 쉽습니다. 이러한 정보의 홍수와 경쟁의 급류 속에서 문학은 자칫 잃기 쉬운 성찰의 기회를 제공해 줍니다. 시대와 호흡하면서 인간의 삶이 제기하는 다양한 문제를 다채롭게 형상화한 작품을 읽으며, 그 작품 속에 그려진 세상과 인물에 공감하면서 때로는 충격을 받고, 때로는 고민에 휩싸이며, 그 속에서 새로운 자아를 발견하는 과정을 통해 청소년들이 깊은 생각과 넓은 마음을 키울 수 있을 것이라 확신합니다. 작품별로 자세한 해설을 달고 그 해설에서 문학 교육의 핵심 내용을 비중 있게 다룬 것 또한 청소년 독자를 위한 배려에서 비롯된 것입니다.

문학 선집을 엮는 일은 두렵고도 설레는 일입니다. 감히 작가와 작품을 고른다는 것도 두려운 일이었거니와, 이 선집을 시대가 요구하는 최고의 선집으로 만들어야겠다는 사명감도 이번 문학 선집을 엮는 과정에서 저희 엮은이들과 편집자들의 어깨를 짓누르는 한편 가슴 벅찬 기대를 품게 만들었습니다. 부디 이 선집으로 많은 이들이 한국 문학의 정수(精髓)를 만끽하길 바랍니다. 그리고 날카로운 질책과 따스한 성원을 아울러 기대합니다.

끝으로 이 자리를 빌려 물심양면으로 선집의 출간을 뒷받침해 주신 (주)사피엔스21의 권일경 대표 이사님 이하 편집부 직원 모두에게 감사를 드립니다. 또한 이 선집을 위해 작품의 출간을 허락하신 작가들과 저작권을 위임받아 여러 편의를 제공해 준 한국문예학술저작권협회 측에도 감사의 말을 전합니다.

엮은이 대표 _신두원

# 일러두기

1. 수록 작품은 최초 발표본과 작가 생애 최후의 판본, 그리고 가장 최근에 발간된 비판적 판본(critical version) 등을 참조하여 텍스트를 확정했습니다. 참조한 판본은 작품 뒤에 밝혔습니다.
2. 한 작가의 작품 배열은 청소년들의 눈높이와 문학사적인 지명도를 고려하여 그 순서를 정하였습니다.
3. 작품에 사용된 방언 어휘 중 비교적 손쉽게 표준어로 교정될 수 있는 것은 대괄호([ ]) 속에 표준어를 병기하여 쉽게 이해될 수 있도록 하였습니다. 또한 뜻풀이가 필요하다고 판단되는 낱말과 문장은 본문 아래쪽에 그 풀이를 달았습니다.
4. 표기는 원문에 충실히 따르는 것을 원칙으로 하되, 맞춤법과 띄어쓰기는 최대한 현행 표기법을 따랐습니다. 단, 해당 작가만의 개성이 묻어 있는 말이나 방언, 속어, 고어 등은 최대한 원문대로 살려 놓았습니다.
5. 위의 원칙들은 작가에 따라, 지문과 대화에 따라, 문체에 따라, 문맥에 따라 적용의 정도가 달라질 수 있습니다.

차례

# 수난이대(受難二代)

혹독한 일본 제국주의의 침탈과 착취에서 드디어 해방이 되었는가 싶었더니 참혹하기 이를 데 없는 동족상잔의 전쟁을 겪어야만 했던 우리 민족! 이 작품은 아버지와 아들 세대에 걸쳐 우리 민족이 겪어야만 했던 수난과 비극을 고스란히 담아내고 있어요. 징용에 끌려갔다가 공습 때 한쪽 팔을 잃은 아버지 만도, 그리고 전쟁에 동원되었다가 한쪽 다리를 잃고 돌아온 아들 진수……. 과연 이들 부자는 불구의 몸으로 폐허와 가난 속에서 새 삶을 향해 떨쳐 일어설 수 있을까요?

진수가 돌아온다. 진수가 살아서 돌아온다. 아무개는 전사했다는 통지가 왔고, 아무개는 죽었는지 살았는지 통 소식이 없는데, 우리 진수는 살아서 오늘 돌아오는 것이다. 생각할수록 어깻바람이 날 일이다. 그래 그런지 몰라도 박만도는 여느 때 같으면 아무래도 한두 군데 앉아 쉬어야 넘어설 수 있는 용머리재를 단숨에 올라채고 만 것이다. 가슴이 펄럭거리고 허벅지가 뻐근했다. 그러나 그는 고갯마루에서도 쉴 생각을 하지 않았다. 들 건너 멀리 바라보이는 정거장에서 연기가 몰씬몰씬 피어오르며 삐익 기적 소리가 들려왔기 때문이다. 아들이 타고 내려올

---

아무개 어떤 사람을 구체적인 이름 대신 이르는 인칭 대명사.
통지(通知) 다른 장소에 있는 사람에게 어떤 사실이나 소식을 전하여 알게 함.
어깻바람 신이 나서 어깨를 으쓱거리며 활발히 움직이는 기운.
올라채다 재빨리 꼭대기에 이르다.
고갯마루 고개에서 가장 높은 자리.
몰씬몰씬 연기, 먼지 등이 자꾸 모락모락 피어오르는 모양.

기차는 점심때가 가까워야 도착한다는 것을 모르는 바 아니다. 해가 이제 겨우 산등성이 위로 한 뼘가량 떠올랐으니, 오정이 되려면 아직 차례 먼 것이다. 그러나 그는 공연히 마음이 바빴다. 까짓것, 잠시 앉아 쉬면 뭐할 끼고. 손가락으로 한쪽 콧구멍을 찍 누르면서 팽! 마른 코를 풀어 던졌다. 그리고 휘청휘청 고갯길을 내려가는 것이다.

내리막은 오르막에 비하면 아무것도 아니었다. 대고 팔을 흔들라치면 절로 굴러 내려가는 것이다. 만도는 오른쪽 팔만을 앞뒤로 흔들고 있었다. 왼쪽 팔은 조끼 주머니에 아무렇게나 쑤셔 넣고 있는 것이다. 삼대독자가 죽다니 말이 되나. 살아서 돌아와야 일이 옳고말고. 그런데 병원에서 나온다 하니 어디를 좀 다치기는 다친 모양이지만, 설마 나같이 이렇게사 되진 않았겠지. 만도는 왼쪽 조끼 주머니에 꽂힌 소맷자락을 내려다보았다. 그 소맷자락 속에는 아무것도 든 것이 없었다. 그저 소맷자락만이 어깨 밑으로 덜렁 처져 있는 것이다. 그래서 노상 그쪽은 조끼 주머니 속에 꽂혀 있는 것이다. 볼기짝이나 장딴지 같은 데를 총알이 약간 스쳐 갔을 따름이겠지. 나처럼 팔뚝 하나가

---

오정(午正) 정오. 낮 열두 시.
차례 먼 것이다 시간이 많이 남아 있는 것이다.
휘청휘청 걸을 때 다리에 힘이 없어 똑바로 걷지 못하고 자꾸 흔들리는 모양을 나타내는 말.
대고 무리하게 자꾸. 또는 계속하여 자꾸.
삼대독자(三代獨子) 삼대에 걸쳐 형제가 없는 외아들.
노상 언제나 변함없이 한 모양으로 줄곧.

몽땅 달아날 지경이었다면 그 엄살스러운 놈이 견뎌 냈을 턱이 없고말고. 슬며시 걱정이 되기도 하는 듯 그는 속으로 이런 소리를 주워섬겼다.

내리막길은 빨랐다. 벌써 고갯마루가 저만큼 높이 쳐다보이는 것이었다. 산모퉁이를 돌아서면 이제 들판이다. 내리막길을 쏘아 내려온 기운 그대로, 만도는 들길을 잰걸음 쳐 나가다가 개천 둑에 이르러서야 걸음을 멈추었다. 외나무다리가 놓여 있는 조그마한 시냇물이었다. 한여름 장마철에는 들어설라치면 배꼽이 묻히는 수도 있었지마는, 요즈막엔 무릎이 잠길 듯 말 듯한 물인 것이다. 가을이 깊어지면서부터 물은 밑바닥이 환히 들여다보일 만큼 맑아져 갔다. 소리도 없이 미끄러져 내려가는 물을 가만히 내려다보고 있으면, 절로 이뿌리가 시려 온다.

만도는 물기슭에 내려가서 쭈그리고 앉아 한 손으로 고의춤을 풀어 헤쳤다. 오줌을 찌익 깔기는 것이다. 거울 면처럼 맑은 물 위에 오줌이 가서 부글부글 끓어오르며 뿌연 거품을 이루니 여기저기서 물고기 떼가 모여든다. 제법 엄지손가락만씩 한 피리

---

주워섬기다 들은 대로 본 대로 이러저러한 말을 아무렇게나 늘어놓다.
잰걸음 보폭이 짧고 빠른 걸음.
요즈막 바로 얼마 전부터 이제까지에 이르는 가까운 때. 요즈음.
이뿌리 잇몸 속에 들어 있는 이의 뿌리.
고의춤 고의나 바지의 허리를 접어서 여민 사이.
고의 남자의 여름 홑바지.
깔기다 오줌, 침 등을 함부로 아무 데나 싸거나 뱉다.
피리 '피라미' 혹은 '송사리'의 사투리.

도 여러 마리다. 한 바가지 잡아서 회 쳐 놓고 한잔 쭉 들이켰으면……. 군침이 목구멍에서 꿀꺽했다. 고기 떼를 향해서 마른코를 팽팽 풀어 던지고, 그는 외나무다리를 조심히 디뎠다.

길이가 얼마 되지 않는 다리였으나, 아래로 물을 내려다보면 제법 어찔했다. 그는 이 외나무다리를 퍽 조심한다.

언젠가 한 번, 읍에서 술이 꽤 되어 가지고 홍청거리며 돌아오다가 물에 굴러떨어진 일이 있었던 것이다. 지나치는 사람이 없었기에 망정이지, 누가 보았더라면 큰 웃음거리가 될 뻔했었다. 발목 하나를 약간 접쳤을 뿐, 크게 다친 데는 없었다. 이른 가을철이었기 때문에 옷을 벗어 둑에 늘어놓고 말릴 수는 있었으나, 여간 창피스러운 것이 아니었다. 옷이 말짱 젖었다거나 옷이 마를 때까지 발가벗고 기다려야 한다거나 해서가 아니었다. 팔뚝 하나가 몽땅 잘려져 나간 흉측한 몸뚱어리를 하늘 앞에 드러내 놓고 있어야 했기 때문이었다. 지나치는 사람이 있을라치면 하는 수 없이 물속으로 뛰어 들어가서 얼굴만 내놓고 앉아 있었다. 물이 선뜩해서 아래턱이 덜덜거렸으나, 오그라든 사타구니께를 한 손으로 꽉 움켜쥐고 버티는 수밖에 없었다.

---

회 쳐 '회(를) 치다'는 '생선이나 고기 등으로 회를 만들다'를 의미한다.
홍청거리다 홍에 겨워서 마음껏 거드럭거리다.
거드럭거리다 거만스럽게 잘난 체하며 자꾸 버릇없이 굴다.
접치다 '접질리다'의 뜻. 관절이 무엇과 부딪치거나 삐끗하여 삔 지경에 이르다.
말짱 '말끔'의 사투리. 조금도 남김없이 모두 다.
선뜩하다 갑자기 서늘한 느낌이 있다.
사타구니 두 다리 사이를 가리키는 '샅'을 낮잡아 이르는 말.

"흐흐흐……."

그때 일을 생각하면 지금도 곧 웃음이 터져 나오는 것이다. 하늘로 쳐들린 콧구멍이 벌름거렸다.

개천을 건너서 논두렁길을 한참 부지런히 걸어가노라면 읍으로 들어가는 한길이 나선다. 도로변에 먼지를 부옇게 덮어쓰고 도사리고 앉아 있는 초가집은 주막이었다. 만도가 읍내에 나올 때마다 꼭 한 번씩 들르곤 하는 단골집인 것이다. 이 집 눈썹이 짙은 여편네와는 예사로 농을 주고받는 사이다.

술방 문턱을 넘어서며 만도가

"서방님 들어가신다."

하면, 여편네는

"아이 문둥아, 어서 오느라."

하는 것이 인사처럼 되어 있었다. 만도는 여간 언짢은 일이 있어도 이 여편네의 궁둥이 곁에 가서 앉으면 속이 절로 쑥 내려가는 것이었다.

주막 앞을 지나치면서 만도는 술방 문을 열어 볼까 했으나, 방문 앞에 신이 여러 켤레 널려 있고, 방 안에서 웃음소리가 요란하기 때문에 돌아오는 길에 들르기로 했다.

---

한길 사람이나 차가 많이 다니는 넓은 길.
농(弄) 농담.
문둥이 1. 나병을 앓고 있는 사람을 뜻하는 '나환자'를 낮잡아 이르는 말. 2. 경상도 출신 사람을 낮잡아 이르는 말. 여기에서는 2의 의미로 쓰임.

신작로에 나서면 금시 읍이었다. 만도는 읍 들머리에서 잠시 망설이다가, 정거장 쪽과는 반대되는 방향으로 길을 놓았다. 장거리를 찾아가는 것이었다. 진수가 돌아오는데 고등어나 한 손 사 가지고 가야 될 게 아닌가 싶어서였다.

장날은 아니었으나, 고깃전에는 없는 고기가 없었다. 이것을 살까 하면 저것이 좋아 보이고, 그것을 사러 가면 또 그 옆의 것이 먹음직해 보였다. 한참 이리저리 서성거리다가 결국은 고등어 한 손이었다. 그것을 달랑달랑 들고 정거장을 향해 가는데, 겨드랑 밑이 간질간질해 왔다. 그러나 한쪽밖에 없는 손에 고등어를 들었으니 참 딱했다. 어깻죽지를 연방 위아래로 움직거리는 수밖에 없었다.

정거장 대합실에 들어선 만도는 먼저 벽에 걸린 시계부터 바라보았다. 두 시 이십 분이었다. 벌써 두 시 이십 분이라니 내가 잘못 보나? 아무리 두 눈을 씻고 보아도 시계는 틀림없는 두 시 이십 분이었다. 한쪽 걸상에 가서 궁둥이를 붙이면서도 곧장 미

---

신작로(新作路) 큰길.
금시(今時) 바로 지금의 때. 여기에서는 '바로'의 의미로 쓰임.
들머리 들어가는 맨 첫머리.
장거리(場--) 장이 서는 거리.
손 한 손에 잡을 만한 분량을 세는 단위. 조기, 고등어, 배추 등의 한 손은 큰 것과 작은 것을 합한 것을 이르고, 미나리나 파 등의 한 손은 한 줌 분량을 이른다.
연방(連方) 연속해서 자꾸.
대합실(待合室) 병원이나 역, 공항 등의 공공시설에서 손님이나 승객이 편하게 기다리며 머물 수 있도록 마련해 둔 곳.
두 눈을 씻고 보아도 정신을 바짝 차리고 집중하여 보아도.

심쩍어했다. 두 시 이십 분이라니, 그럼 벌써 점심때가 겨웠단 말인가? 말도 아닌 것이다. 자세히 보니 시계는 유리가 깨어졌고, 먼지가 꺼멓게 앉아 있었다. 그러면 그렇지. 엉터리였다. 벌써 그렇게 되었을 리가 없는 것이다.

"여보이소, 지금 몇 싱교?"

맞은편에 앉은 양복쟁이한테 물어보았다.

"열 시 사십 분이오."

"예, 그렁교."

만도는 고개를 굽실하고는 두 눈을 연방 껌벅거렸다. 열 시 사십 분이라, 보자…… 그럼 아직도 한 시간이나 넘어 남았구나. 그는 안심이 되는 듯 후유 숨을 내쉬었다. 궐련을 한 개 빼물고 불을 댕겼다. 정거장 대합실에 와서 이렇게 도사리고 앉아 있노라면, 만도는 곧잘 생각하는 일이 한 가지 있었다. 그 일이 머리에 떠오르면 등골을 찬 기운이 좍 스쳐 내려가는 것이었다. 손가락이 시퍼렇게 굳어져서 이끼 낀 나무토막 같은 팔뚝이 지금도 저만큼 눈앞에 보이는 듯했다.

바로 이 정거장 마당에 백 명 남짓한 사람들이 모여 웅성거리고 있었다. 그중에는 만도도 섞여 있었다. 기차를 기다리고 있

---

겹다 때가 지나거나 기울어서 늦다.
양복쟁이(洋服--) 양복 입은 사람을 낮잡아 이르는 말.
궐련(卷煙) 얇은 종이로 가늘고 길게 말아 놓은 담배.

는 것이었으나, 그들은 모두 자기네들이 어디로 가는 것인지 알지를 못했다. 그저 차를 타라면 탈 사람들이었다. 징용에 끌려 나가는 사람들이었다. 그러니까, 지금으로부터 십이삼 년 옛날의 이야기인 것이다.

북해도 탄광으로 갈 것이라는 사람도 있었고, 틀림없이 남양 군도로 간다는 사람도 있었다. 더러는 만주로 가면 좋겠다고 하기도 했다. 만도는 북해도가 아니면 남양 군도일 것이고, 거기도 아니면 만주겠지, 설마 저희들이 하늘 밖으로야 끌고 갈까 보냐고 아무렇지도 않은 듯이 그 들창코로 담배 연기를 푹푹 내뿜고 있었다. 그러나 마음이 좀 덜 좋은 것은 마누라가 저쪽 변소 모퉁이 벚나무 밑에 우두커니 서서 한눈도 안 팔고 이쪽만을 바라보고 있는 때문이었다. 그래서 그는 주머니 속에 성냥을 두고도 옆 사람에게 불을 빌리자고 하며 슬며시 돌아서 버리곤 했다.

플랫폼으로 나가면서 뒤를 돌아보니 마누라는 울 밖에 서서

---

징용(徵用) 강제 징용. 일제 강점기에, 일본 제국주의자들이 조선 사람을 강제로 동원하여 부리던 일.

북해도(北海道) 홋카이도. 일본 북쪽 끝에 있는 가장 큰 섬으로 아이누 족 선주민이 살고 있었으나, 19세기 말부터 본격적인 이주와 개척을 시작하여 일본의 행정 구역으로 편입되었다.

남양 군도(南洋群島) 태평양의 적도 부근에 흩어져 있는 섬의 무리. 마리아나, 마셜, 캐롤라인, 팔라우 등의 여러 군도로 나뉜다. 제2차 세계 대전 때 일본이 전쟁을 치르던 곳이다.

들창코(-窓-) 코끝이 위로 들려서 콧구멍이 드러나 보이는 코.

플랫폼(platform) 역에서 승객이 열차를 타고 내리기 쉽도록 철도 옆으로 지면보다 높여서 설치해 놓은 평평한 장소.

울 울타리.

수건으로 코를 눌러 대고 있는 것이었다. 만도는 코허리가 찡했다. 기차가 꽥꽥 소리를 지르면서 덜커덩! 하고 움직이기 시작했을 때는 정말 속이 덜 좋았다. 눈앞이 뿌옇게 흐려지는 것을 어쩌지 못했다. 그러나 정거장이 까맣게 멀어져 가고, 차창 밖으로 새로운 풍경이 획획 날아들자 그만 아무렇지도 않아지는 것이었다. 오히려 기분이 유쾌해지는 것 같기도 했다.

바다를 본 것도 처음이었고, 그처럼 큰 배에 몸을 실어 본 것은 더구나 처음이었다. 배 밑창에 엎드려서 꽥꽥 게워 내는 사람들이 많았으나, 만도는 그저 골이 좀 띵했을 뿐 아무렇지도 않았다. 더러는 하루에 두 개씩 주는 뭉칫밥을 남기기도 했으나, 그는 한꺼번에 하루 것을 뚝딱해도 시원찮았다. 모두들 내릴 준비를 하라는 명령이 떨어진 것은 사흘째 되는 날 황혼 때였다. 제가끔 봇짐을 챙기기에 바빴다. 만도도 호박덩이만 한 보따리를 옆구리에 덜렁 찼다. 갑판 위에 올라가 보니 하늘은 활활 타오르고 있고, 바닷물은 불에 녹은 쇠처럼 벌겋게 출렁거리고 있었다. 지금 막 태양이 물 위로 뚝딱 떨어져 가는 것이었다. 햇덩어리가 어쩌면 그렇게 크고 붉은지 정말 처음이었다.

---

코허리 콧등의 잘록한 부분. 또는 콧방울 위의 잘록하게 들어간 곳.
게우다 먹은 것을 삭이지 못하고 도로 입 밖으로 내어놓다.
뭉칫밥 한 덩어리로 뭉쳐 놓은 밥.
뚝딱하다 일을 거침없이 손쉽게 해치우다.
제가끔 제각기. 저마다 따로따로.
봇짐(褓-) 등에 지기 위하여 물건을 보자기에 싸서 꾸린 짐.
햇덩어리 둥글둥글한 해의 덩어리.

그리고 바다 위에 주황빛으로 번쩍거리는 커다란 산이 둥둥 떠 있는 것이었다. 무시무시하도록 황홀한 광경에 모두들 딱 벌어진 입을 다물 줄 몰랐다. 만도는 어깨마루를 버쩍 들어 올리면서 히야아 고함을 질러 댔다. 그러나 섬에서 그들을 기다리고 있는 것은 숨 막히는 더위와 강제 노동과 그리고 잠자리만씩이나 한 모기떼…… 그런 것뿐이었다.

섬에다가 비행장을 닦는 것이었다. 모기에게 물려 혹이 된 자리를 벅벅 긁으며, 비 오듯 쏟아지는 땀을 무릅쓰고 아침부터 해가 떨어질 때까지 산을 허물어 내고, 흙을 나르고 하기란 고향에서 농사일에 뼈가 굳어진 몸에도 이만저만한 고역이 아니었다. 물도 입에 맞지 않았고 음식도 이내 변하곤 해서 도저히 견디어 낼 것 같지가 않았다. 게다가 병까지 돌았다. 일을 하다가도 벌떡 자빠지기가 예사였다. 그러나 만도는 아침저녁으로 약간씩 설사를 했을 뿐 넘어지지는 않았다. 물도 차츰 입에 맞아 갔고, 고된 일도 날이 감에 따라 몸에 배어드는 것이었다. 밤에 날개를 차며 몰려드는 모기떼만 아니면 그냥저냥 배겨 내겠는데, 정말 그놈의 모기들만은 질색이었다.

사람의 힘이란 무서운 것이었다. 그처럼 험난하던 산과 산 틈

---

어깨마루 어깨 근육.
닦다 1. 때, 먼지 등의 더러운 것을 없애거나 윤기를 내려고 거죽을 문지르다. 2. 건물 등을 지을 터전을 평평하고 고르게 다지다. 여기에서는 2의 의미로 쓰임.
고역(苦役) 몹시 힘들고 고되어 견디기 어려운 일.
배기다 참기 어려운 일을 잘 참고 견디다.

바구니에 비행장을 다듬어 내고야 말았던 것이다. 하나 일은 그것으로 끝나는 것이 아니고, 오히려 더 벅찬 일이 닥치는 것이었다. 연합군의 비행기가 날아들면서부터 일은 밤중까지 계속되었다. 산허리에 굴을 파 들어가는 것이었다. 비행기를 집어넣을 굴이었다. 그리고 모든 시설을 다 굴 속으로 옮겨야 하는 것이었다.

여기저기서 다이너마이트 튀는 소리가 산을 흔들어 댔다. 앵앵앵 하고 공습경보가 나면 일을 하던 손을 놓고 모두 굴 바닥에 납작납작 엎드려 있어야 했다. 비행기가 돌아갈 때까지 그러고 있는 것이었다. 어떤 때는 근 한 시간 가까이나 엎드려 있어야 하는 때도 있었는데 차라리 그것이 얼마나 편한지 몰랐다. 그래서 더러는 공습이 있기를 은근히 기다리기도 했다. 때로는 공습경보의 사이렌을 듣지 못하고 그냥 일을 계속하는 수도 있었다. 그럴 때는 모두 큰 손해를 보았다고 야단들이었다. 어떻게 된 셈인지 사이렌이 미처 불기 전에 비행기가 산등성이를 넘어 달려드는 수도 있었다. 그럴 때는 정말 질겁을 하는 것이었다. 가장 많이 손해를 입는 것도 그런 경우였다. 만도가 한쪽 팔

---

연합군(聯合軍) 1. 전쟁에서 둘 혹은 둘 이상의 국가가 연합하여 구성한 군대. 2. 제2차 세계 대전 때 독일, 이탈리아, 일본을 중심으로 한 추축국과 싸운 연합국(미국, 영국, 프랑스, 중국, 소련 등)의 군대.

추축국(樞軸國) 제2차 세계 대전 때 독일, 이탈리아, 일본이 맺은 삼국 동맹을 지지하여 연합국과 대립한 여러 나라.

공습경보(空襲警報) 적의 항공기가 갑자기 습격해 왔을 때 위험을 알리는 경보.

뚝을 잃어버린 것도 바로 그런 때의 일이었다.

여느 날과 다름없이 굴 속에서 바위를 허물어 내고 있었다. 바위 틈서리에 구멍을 뚫어서 다이너마이트 장치를 하는 것이었다. 장치가 다 되면 모두 바깥으로 나가고 한 사람만 남아서 불을 댕기는 것이다. 그리고 그것이 터지기 전에 얼른 밖으로 뛰어나와야 한다.

만도가 불을 댕기는 차례였다. 모두 바깥으로 나가 버린 다음 그는 성냥을 꺼냈다. 그런데 웬 영문인지 기분이 꺼림칙했다. 모기에게 물린 자리가 자꾸 쑥쑥 쑤시는 것이었다. 긁적긁적 긁어 댔으나 도무지 시원한 맛이 없었다. 그는 이맛살을 찌푸리면서 성냥을 득! 그었다. 그래 그런지 몰라도 불은 이내 픽 하고 꺼져 버렸다. 성냥 알맹이 네 개째에서 겨우 심지에 불이 댕겨졌다. 심지에 불이 붙는 것을 보자, 그는 얼른 몸을 굴 밖으로 날렸다. 바깥으로 막 나서려는 때였다. 산이 무너지는 듯한 소리와 함께 사나운 바람이 귓전을 후려갈기는 것이었다. 만도는 정신이 아찔했다. 공습이었던 것이다. 산등성이를 넘어 달려든 비행기가 머리 위로 아슬아슬하게 지나가는 것이었다. 미처 정신을 차리기도 전에 또 한 대가 뒤따라 날아드는 것이 아닌가? 만도는 그만 넋을 잃고 굴 안으로 도로 달려 들어갔다. 달려 들

---

틈서리 틈이 난 부분의 가장자리.
심지(心-) 폭탄 등을 터뜨리기 위하여 불을 붙이게 되어 있는 줄.

어가서 굴 바닥에 아무렇게나 팍 엎드려 버리고 말았다. 그 순간이었다. 쾅! 굴 안이 미어지는 듯하면서 다이너마이트가 터졌다. 만도의 두 눈에서 불이 번쩍했다.

만도가 어렴풋이 눈을 떠 보니 바로 거기 눈앞에 누구의 것인지 모를 팔뚝이 하나 아무렇게나 던져져 있었다. 손가락이 시퍼렇게 굳어져서, 마치 이끼 낀 나무토막처럼 보이는 팔뚝이었다. 만도는 그것이 자기의 어깨에 붙어 있던 것인 줄을 알자 그만 으악! 하고 정신을 잃어버렸다. 재차 눈을 떴을 때는 그는 푹신한 담요 속에 누워 있었고, 한쪽 어깻죽지가 못 견디게 쿡쿡 쑤셔 댔다. 절단 수술은 이미 끝난 뒤였다.

꽤애액 기차 소리였다. 멀리 산모퉁이를 돌아오는가 보다. 만도는 자리를 털고 벌떡 일어서며 옆에 놓아둔 고등어를 집어 들었다. 기적 소리가 가까워질수록 가슴이 울렁거렸다. 대합실 밖으로 뛰어나가 플랫폼이 잘 보이는 울타리 쪽으로 가서 발돋움을 했다. 땡땡땡…… 종이 울자, 한참 만에 차는 소리를 지르면서 달려들었다. 기관차의 옆구리에서는 김이 픽픽 풍겨 나왔다. 만도의 얼굴은 바짝 긴장되었다. 시커먼 열차 속에서 꾸역꾸역 사람들이 나왔다. 꽤 많은 손님이 쏟아져 내리는 것이었다. 만도의 두 눈은 곧장 이리저리 굴렀다. 그러나 아들의 모습은 쉽

---

미어지다 가득 차서 터질 듯하다.

사리 눈에 띄지 않았다. 저쪽 출찰구로 밀려가는 사람의 물결 속에 두 개의 지팡이를 짚고 절룩거리면서 걸어 나가는 상이군인이 있었으나, 만도는 그 사람에게 주의가 가지는 않았다. 기차에서 내릴 사람은 모두 내렸는가 보다. 이제 미처 차에 오르지 못한 사람들이 플랫폼을 이리저리 서성거리고 있을 뿐인 것이다. 그놈이 거짓으로 편지를 띄웠을 리는 없을 건데……. 만도는 자꾸 가슴이 떨렸다. 이상한 일이다, 하고 있을 때였다. 분명히 뒤에서

"아부지!"

부르는 소리가 들렸다. 만도는 깜짝 놀라며 얼른 뒤를 돌아보았다. 그 순간 만도의 두 눈은 무섭도록 크게 떠지고, 입은 딱 벌어졌다. 틀림없는 아들이었으나, 옛날과 같은 진수는 아니었다. 양쪽 겨드랑이에 지팡이를 끼고 서 있는데, 스쳐 가는 바람결에 한쪽 바짓가랑이가 펄럭거리는 것이 아닌가.

만도는 눈앞이 노래지는 것을 어쩌지 못했다. 한참 동안 그저 멍멍하기만 하다가 코허리가 찡해지면서 두 눈에 뜨거운 것이 핑 도는 것이었다.

"에라이 이놈아!"

---

**출찰구(出札口)** 차나 배에서 내린 손님이 표를 내고 나가거나 나오는 곳.
**상이군인(傷痍軍人)** 전투나 군사상 공무 중에 몸을 다친 군인.
**바짓가랑이** 바지에서 다리를 꿰는 부분.
**멍멍하다** 정신이 빠진 것같이 어리벙벙하다.

만도의 입에서 모지게 튀어나온 첫마디였다. 떨리는 목소리였다. 고등어를 든 손이 불끈 주먹을 쥐고 있었다.

"이기[이게] 무슨 꼴이고, 이기."

"아부지!"

"이놈아, 이놈아……."

만도의 들창코가 크게 벌름거리다가 훌쩍 물코를 들이마셨다. 진수의 두 눈에서는 어느 결에 눈물이 꾀죄죄하게 흘러내리고 있었다. 만도는 진수의 잘못이기나 한 듯 험한 얼굴로

"가자, 어서!"

무뚝뚝한 한마디를 내던지고는 성큼성큼 앞장을 서 가는 것이었다. 진수는 입술에 내려와 묻는 짭짤한 것을 혀끝으로 날름 핥아 버리면서 절름절름 아버지의 뒤를 따랐다.

앞장서 가는 만도는 뒤따라오는 진수를 한 번도 돌아보지 않았다. 한눈을 파는 법도 없었다. 무겁디무거운 짐을 진 사람처럼 땅바닥만을 내려다보며, 이따금 끙끙거리면서 부지런히 걸어만 가는 것이다. 지팡이에 몸을 의지하고 걷는 진수가 성한 사람의, 게다가 부지런히 걷는 걸음을 당해 낼 수는 도저히 없었다. 한 걸음 두 걸음씩 뒤지기 시작한 것이 그만 작은 소리로 불러서는 들리지 않을 만큼 떨어져 버리고 말았다. 진수는 목구

---

모지다 모질다. 마음씨가 몹시 매섭고 독하다.

물코 콧물이 늘 흐르는 코. 또는 물기가 많은 콧물.

멍을 왈칵 넘어오려는 뜨거운 기운을 참느라고 어금니를 야물게 깨물어 보기도 했다. 그리고 두 개의 지팡이와 한 개의 다리를 열심히 움직여 대는 것이었다. 앞서 간 만도는 주막집 앞에 이르자, 비로소 한 번 뒤를 돌아보았다. 진수는 오다가 나무 밑에 서서 오줌을 누고 있었다. 지팡이는 땅바닥에 던져 놓고, 한쪽 손으로는 볼일을 보고, 한쪽 손으로는 나무둥치를 안고 있는 꼬락서니가 을씨년스럽기 이를 데 없다. 만도는 눈살을 찌푸리며, 으음! 하고 신음 소리 비슷한 무거운 소리를 토했다. 그리고 술방 앞으로 가서 방문을 왈칵 잡아당겼다.

기역자 판 안에 도사리고 앉아서 속옷을 뒤집어 이를 잡고 있던 여편네가 킥! 하고 웃으며 후닥닥 옷섶을 여몄다. 그러나 만도는 웃지를 않았다. 방문턱을 넘어서면서도 서방님 들어가신다는 소리를 지르지 않았다. 이처럼 뚝뚝한 얼굴을 하고 이 술방에 들어서기란 아마 처음일 것이다. 여편네가 뭣도 모르고

"오늘은 서방님 아닌가 배."

하고 킬킬 웃었으나, 만도는 으음! 또 무거운 신음 소리를 했을 뿐이었다. 기역자 판 앞에 가서 쭈그리고 앉기가 바쁘게

"빨리빨리."

재촉이었다.

---

야물다 성질이나 행동 등이 꽤 힘차고 단단하며 굳세다.
뚝뚝하다 무뚝뚝하다. 말이나 표정 등이 부드럽고 상냥스러운 면이 없어 정답지가 않다.

"핫다나, 어지간히도 바쁜가 배."

"빨리 곱빼기로 한 사발 달라니까구마."

"오늘은 와 이카노?"

여편네가 쳐 주는 술 사발을 받아 들며, 만도는 후유 한숨을 크게 내쉬었다. 그리고 입을 얼른 사발로 가져갔다. 꿀꿀꿀 잘도 넘어간다. 그 큰 사발을 단숨에 비워 버리고는 도로 여편네 앞으로 불쑥 내민다. 그렇게 거들빼기로 석 잔을 해치우고서 으으윽! 게트림을 했다. 여편네가 눈이 휘둥그레 가지고 혀를 내둘렀다. 빈속에 술을 그처럼 때려 마시고 보니 금세 눈두덩이 확확 달아오르고, 귀뿌리가 발갛게 익어 갔다. 술기가 얼근하게 돌자, 이제 좀 속이 풀리는 것 같아 방문을 열고 바깥을 내다보았다. 진수는 이마에 땀을 척척 흘리면서 다 와 가고 있었다.

"진수야!"

버럭 소리를 질렀다.

"이리 들어와 보래."

"……."

진수는 아무런 대꾸도 없이 어기적어기적 다가왔다. 다가와

---

핫다나 상대방의 말이나 행동이 못마땅해서 빈정거릴 때 가볍게 내는 소리.

거들빼기 '연거푸'의 사투리.

게트림 거만스럽게 거드름을 피우며 하는 트림.

귀뿌리 귓바퀴가 뺨에 붙은 부분.

얼근하다 술에 취하여 정신이 조금 어렴풋하다.

어기적어기적 팔다리를 부자연스럽고 크게 움직이며 천천히 걷는 모양.

서 방문턱에 걸터앉으니까 여편네가 보고

"방으로 좀 들어오이소."

한다.

"여기 좋심더."

그는 수세미 같은 손수건으로 이마와 코언저리를 아무렇게나 훔친다.

"마, 아무 데서나 묵어라, 저…… 국수 한 그릇 말아 주소."

"야."

"곱빼기로 잘 좀……. 참지름도 치소, 잉?"

"야아."

여편네는 코로 히죽 웃으면서 만도의 옆구리를 살짝 꼬집고는 소쿠리에서 삶은 국수 두 뭉텅이를 집어 든다.

진수가 국수를 훌훌 그러넣고 있을 때, 여편네는 만도의 귓전으로 얼굴을 갖다 댄다.

"아들이가?"

만도는 고개를 약간 앞뒤로 끄덕거렸을 뿐, 좋은 기색을 하지 않았다. 진수가 국물을 훌쩍 들이마시고 나자, 만도는

"한 그릇 더 묵을래?"

---

참지름 '참기름'의 사투리.
소쿠리 대나 싸리로 엮어 테가 있게 만든 그릇.
그러넣다 사방에 흩어져 있는 것을 모아 안으로 집어넣다. 여기에서는 '국수를 입안으로 집어넣었다', 즉 '먹었다'는 뜻임.

한다.

"아니예."

"한 그릇 더 묵지 와?"

"고만 묵을랍니더."

진수는 입술을 싹 닦으며 부스스 자리에서 일어났다.

주막을 나선 그들 부자는 논두렁길로 접어들었다. 아까와 같이 만도가 앞장을 서는 것이 아니라 이번에는 진수를 앞세웠다. 지팡이를 짚고 기우뚱기우뚱 앞서 가는 아들의 뒷모습을 바라보며, 팔뚝이 하나밖에 없는 아버지가 느릿느릿 따라가는 것이다. 손에 매달린 고등어가 대고 달랑달랑 춤을 춘다. 너무 급하게 들이부어서 그런지, 만도의 배 속에서는 우글우글 술이 끓고 다리가 휘청거린다. 콧구멍으로 더운 숨을 혹혹 내뿜어 본다. 정신이 아른하다. 좋다.

"진수야!"

"예."

"니 우짜다가 그래 됐노?"

"전쟁하다가 이래 안 됐심니꼬, 수류탄 쪼가리에 맞았심더."

"수류탄 쪼가리에?"

"예."

"음……."

---

수류탄(手榴彈) 손으로 던져 터뜨리는 작은 폭탄.

"얼른 낫지 않고 막 썩어 들어가기 땜에 군의관이 짤라 버립띠더. 병원에서예."

"……."

"아부지!"

"와?"

"이래 가지고 우째 살까 싶습니더."

"우째 살긴 뭘 우째 살아. 목숨만 붙어 있으면 다 사능 기다. 그런 소리 하지 마라."

"……."

"나 봐라, 팔뚝이 하나 없어도 잘만 안 사나. 남 봄에 좀 덜 좋아서 그렇지, 살기사 왜 못 살아."

"차라리 아부지같이 팔이 하나 없는 편이 낫겠어예. 다리가 없어 노니, 첫째 걸어 댕기기에 불편해서 똑 죽겠심더."

"야야, 안 그렇다. 걸어 댕기기만 하면 뭐 하노. 손을 지대로 놀려야 일이 뜻대로 되지."

"그럴까예?"

"그렇다니. 그러니까 집에 앉아서 할 일은 니가 하고, 나댕기메 할 일은 내가 하고, 그라먼 안 되겠나, 그제?"

"예."

진수는 가벼운 한숨을 내쉬며 아버지를 돌아보았다. 만도는

군의관(軍醫官) 군대에서 의사의 임무를 맡고 있는 장교.

돌아보는 아들의 얼굴을 향해 지그시 웃어 주었다. 술을 마시고 나면 이내 오줌이 마려워진다. 만도는 길가에 아무렇게나 쭈그리고 앉아서 고기 묶음을 입에 물려고 한다. 그것을 본 진수는,

"아부지, 그 고등어 이리 주이소."

한다. 팔이 하나밖에 없는 몸으로 물건을 손에 든 채 소변을 볼 수는 없는 것이다. 아버지가 볼일을 마칠 때까지, 진수는 저만치 떨어져 서서 지팡이를 한쪽 손에 모아 쥐고, 다른 손으로 고등어를 들고 있었다. 볼일을 다 본 만도는 얼른 가서 아들의 손에서 고등어를 다시 받아 든다.

개천 둑에 이르렀다. 외나무다리가 놓여 있는 그 시냇물이다. 진수는 슬그머니 걱정이 되었다. 물은 그렇게 깊은 것 같지 않지만, 밑바닥이 모래흙이어서 지팡이를 짚고 건너가기가 만만할 것 같지 않기 때문이다. 외나무다리 위로는 도저히 건너갈 재주가 없고……. 진수는 하는 수 없이 둑에 퍼지고 앉아서 바짓가랑이를 걷어 올리기 시작했다. 만도는 잠시 멀뚱히 서서 아들의 하는 양을 내려다보고 있다가,

"진수야, 그만두고 자아 업자."

하는 것이었다.

"업고 건느면 일이 다 되는 거 아니가. 자아, 이거 받아라."

고등어 묶음을 진수 앞으로 민다.

멀뚱히 눈빛이나 정신 등이 생기가 없고 멀겋게.

"……"

진수는 퍽 난처해하면서 못 이기는 듯이 그것을 받아 들었다. 만도는 등어리를 아들 앞에 갖다 대고 하나밖에 없는 팔을 뒤로 버쩍 내밀며,

"자아, 어서!"

진수는 지팡이와 고등어를 각각 한 손에 쥐고, 아버지의 등어리로 가서 슬그머니 업혔다. 만도는 팔뚝을 뒤로 돌려서 아들의 하나뿐인 다리를 꼭 안았다. 그리고,

"팔로 내 목을 감아야 될 끼다."

했다. 진수는 무척 황송한 듯 한쪽 눈을 찍 감으면서 고등어와 지팡이를 든 두 팔로 아버지의 굵은 목덜미를 부둥켜안았다. 만도는 아랫배에 힘을 주며 끙! 하고 일어났다. 아랫도리가 약간 후들거렸으나 걸어갈 만은 했다. 외나무다리 위로 조심조심 발을 내디디며 만도는 속으로, 이제 새파랗게 젊은 놈이 벌써 이게 무슨 꼴이고. 세상을 잘못 타고나서 진수 니 신세도 참 똥이다 똥, 이런 소리를 주워섬겼고 아버지의 등에 업힌 진수는 곧장 미안스러운 얼굴을 하며, 나꺼정 이렇게 되다니 아부지도 참 복도 더럽게 없지. 차라리 내가 죽어 버렸더라면 나았을 낀데…… 하고 중얼거렸다.

---

등어리 '등'의 사투리.
황송하다(惶悚--) 분에 넘쳐 고맙고도 송구하다.

만도는 아직 술기가 약간 있었으나 용케 몸을 가누며 아들을 업고 외나무다리를 조심조심 건너가는 것이었다. 눈앞에 우뚝 솟은 용머리재가 이 광경을 가만히 내려다보고 있었다.

■ 「**한국일보**」(1957. 1) ; 『하근찬 선집』(현대문학, 2011)

# 등장인물 들여다보기

**박만도(아버지)**

아버지 만도는 일제 강점 말기에 전쟁터에서 비행기 격납고로 쓸 동굴을 파는 노역 일꾼으로 강제 징용에 끌려갑니다. 그런데 그만 폭격을 당하는 와중에 한쪽 팔을 잃고 맙니다. 그는 자신이 불구가 된 것도 모자라 6·25 전쟁에 참전했던 아들 진수마저 한쪽 다리를 잃고 돌아오자 크게 낙담합니다. 처음에는 절망감 때문에 아들에게 화를 내기도 하지만, 곧바로 아들을 위로하면서 함께 살아갈 길을 도모하려고 애쓰는 낙천적이고 긍정적인 인물이지요.

일본 제국주의는 1930년대 후반부터 중일 전쟁(1937년에 중국과 일본 사이에 벌어진 전쟁), 태평양 전쟁(1941년부터 1945년까지 일본과 연합국 사이에 벌어진 전쟁. 제2차 세계 대전의 일부로, 일본의 무조건 항복으로 끝남)이 본격화되자, 식민지 조선을 전쟁에 필요한 물자와 식량, 병사를 조달하는 병참 기지로 전락시켜 버렸습니다. 일제 강점기를 겪은 할아버지, 할머니들이 그 시절 집에 먹을 쌀도 없는데 일제가 강제로 쌀을 공출해 갔다거나 제사 때 쓰는 놋그릇까지 가져갔다는 말씀을 하시곤 하는데요, 주인공 만도는 이런 상황 속에서 전쟁터의 노동자로 끌려갔던 것입니다.

연합군의 잦은 공습 속에서도 비행기 격납고를 만들기 위해 산속에 다이너마이트를 설치하고 폭발시키는 위험천만한 일을 하다가 결국 만도는 기습적인 공습에 휘말리게 됩니다. 그리고 공습을 피하겠다는 생각만으로 다이너마이트를 설치한 동굴 안으로 들어갔다가 다이너마이트가 터지는 바람에 한쪽 팔을 잃게 되지요. 이른바 불구자가 된 것입니다. 이렇게 억울하게 한쪽 팔을 잃은 만도이기에, 아들 진수만은 제발 성한 몸으로 돌아오기를 간절히 빌었을 겁니다. 하지만 진수가 "한쪽 바짓가랑이가 펄럭거리는" 모습으로 돌아오자, 아연실색하여 슬픔을 감추지 못하지요. 처음에는 속상한 마음에 아들 진수를 냉담하게 대하기도 하지만, 결국 만도는 "목숨만 붙어 있으면 다 사는 것"이라며 아들을 격려합니다. 또한 비록 신체는 부자연스럽지만 서로 힘을 합해 살아 나가자면서 삶의 의지를 북돋워 줍니다.

이러한 만도의 모습을 보면, 그는 민족의 수난으로 인해 고통과 슬픔을 짊어져야 했던 우리 민중의 긍정적인 에너지를 보여 주는 인물이라 할 수 있습니다.

### 박진수(아들)

진수는 6 · 25 전쟁에 참전했다가 한쪽 다리를 잃고 상이군인이 되어 귀향합니다. 많은 장병들이 죽거나 생사의 소식도 알 수 없는 가운데 살아서 고향에 돌아온 만큼 진수의 귀향은 기쁘고 경사스러운 일이어야 마땅할 것입니다. 하지만 한쪽 다리를 잃은 아들의 모습을 본 아버지 만도는 "에라이 이놈아!", "이기 무슨 꼴이고, 이기." 하며 모진 말을 쏟아 냅니다. 진수는 그 말에 "아부지!"라는 말밖에 못하지요. 그는 아버지의 화를 묵묵히 받아 낼 뿐 아니라 아버지에게 들키지 않게 눈물을 흘리며(진수는 입술에 내려와 묻는 짭짤한 것을 혀끝으로 날름 핥아 버립니다), 앞서 가는 아버지를 따라가기 힘들 텐데도 말없이 "두 개의 지팡이와 한 개의 다리를 열심히 움직여" 대기만 합니다. 외나무다리를 건널 때도 말없이 혼자서 바짓가랑이를 걷어 올리지요.

이 작품에는 진수의 심경에 관한 묘사가 그다지 드러나 있지 않지만, 위와 같은 그의 행동을 떠올려 보면, 진수는 마음이 여리고 내성적이며 효심이 지극한 인물인 듯합니다. 하지만 불구가 된 진수의 가장 중요한 진짜 속내는 아마도 다리를 잃고 앞으로 어떻게 살아갈까를 걱정하는 마음일 것입니다. 따라서 이러한 진수의 처지를 생각해 보면 그의 행동이 의기소침하고 힘이 없어 보이는 것도 당연하다고 할 것입니다.

## ● 작품 Q&A

### "선생님, 궁금해요!"

**Q 이 작품의 시간적, 공간적 배경을 구체적으로 알고 싶어요.**

**A** 이 작품의 시간적 배경은 일제 강점기부터 6 · 25 전쟁 중이거나 혹은 6 · 25 전쟁이 막 끝난 시점이라고 볼 수 있어요. 일제 강점

기에는 강제 징용에 끌려간 아버지 만도가 팔을 하나 잃게 되고, 6 · 25 전쟁 시기에는 징집으로 전쟁에 참가했던 아들 진수가 다리를 하나 잃게 되지요. 이 두 시대는 과거와 현재로서 서로 교차합니다.

일제 강점기라는 과거 시점은 만도의 회상을 통해 서술이 이루어지는 한편, 6 · 25 전쟁이라는 현재 시점은 아버지와 아들의 대화와 행동을 통해 묘사되고 있습니다.

만도의 회상 부분은 작품 속의 액자처럼 기능하는데요, 이 부분의 시간적 배경은 작품 속 현재 시점인 1950년대로부터 12, 3년 전으로서 일제 강점 말기, 즉 1940년대에 해당합니다. 아울러 두 시대는 아버지와 아들에 걸친 두 세대를 나타냅니다. 이로써 두 부자가 겪는 불행은 단순히 개인적 차원의 체험이라기보다는 가족의 수난, 나아가 민족의 수난으로 의미가 확산되고 있습니다.

한편, 이 작품의 공간적 배경은 경상도의 어느 작은 시골 마을로 볼 수 있습니다. 그것은 "니 우짜다가 그래 됐노?", "이래 가지고 우째 살까 싶습니더."와 같은 대화에 등장하는 경상도 사투리를 통해 알 수 있지요. 또한 만도의 회상을 통해 서술되는 과거 시점의 공간적 배경은 '남양 군도', 즉 태평양 적도 부근에 있는 어느 섬으로 볼 수 있습니다.

**Q 아버지 만도는 일제 강점기 민족의 수난을 대표하는 인물이라고 여겨지는데요, 그런 힘든 역사적 상황 속에서 드러나는 만도의 성격은 어떻다고 볼 수 있을까요?**

**A** 만도는 아들 진수를 기다리는 역 대합실에서 12, 3년 전 징용

으로 끌려가 겪었던 비참한 경험을 떠올립니다. 징용지(徵用地)로 가기 위해 역 대합실에서 기차를 기다리며 시작된 그 일련의 경험은 한쪽 팔을 잃는 데까지 이르는 처절한 고난의 기억입니다. 이러한 만도의 회상 대목은 일제 강점기 민족의 수난을 짐작할 수 있게 해 줍니다. 만도는 징용으로 끌려가면서도 어디로 가는지조차 알지 못합니다. 그렇지만 공포에 떨거나 기가 죽는 것이 아니라 좀처럼 타기 힘든 기차를 타고 멀리 간다는 것 자체를 신기해하고, 큰 배를 타고 처음으로 보는 바다를 감상하는 여유도 있습니다. 또한 산골짜기에 비행장을 짓는 고되고 험난한 공사를 계속하면서도 만도는 쓰러지지 않고 잘 버텨 냅니다. 그만큼 만도는 낙천적이고 긍정적인 성격의 소유자라고 할 수 있겠지요. 어쩌면 작가는 만도라는 인물을 통해 어떤 어려움에도 쉽게 굴하지 않는 우리 민중의 건강함과 낙천성을 드러내고 싶었는지도 모르겠어요.

**Q 이 작품에서는 불구가 된 만도와 진수의 모습과 그들의 행동을 무척 세세하게 표현하고 있는데요, 그 이유는 무엇인가요?**

A 이 작품에서 불구가 된 만도와 진수의 신체는 퍽 인상적으로 그려집니다. 만도의 몸을 “팔뚝 하나가 몽땅 잘려져 나간 흉측한 몸뚱어리”라고 표현하는가 하면, 진수가 오줌 누는 모습을 가리켜 “한쪽 손으로는 볼일을 보고, 한쪽 손으로는 나무둥치를 안고 있는 꼬락서니가 을씨년스럽기 이를 데 없다.”라고 합니다. 이런 표현을 통해 우리는 그들의 육체적 불구를 강조하려는 작가의 의도를 엿볼 수 있습니다. 신체의 손상을 가장 참혹하게 그린 장면은 아마도 만

도가 한쪽 팔을 잃는 대목일 것입니다. 공습을 받은 탄광에서 만도는 정신없이 굴 안으로 피하는데, 공교롭게도 그 순간 다이너마이트가 터집니다. "만도가 어렴풋이 눈을 떠 보니 바로 거기 눈앞에 누구의 것인지 모를 팔뚝이 하나 아무렇게나 던져져 있었다. 손가락이 시퍼렇게 굳어져서, 마치 이끼 낀 나무토막처럼 보이는 팔뚝이었다. 만도는 그것이 자기의 어깨에 붙어 있던 것인 줄을 알자 그만 으악! 하고 정신을 잃어버렸다." 이 장면을 만약 영상으로 본다면 잔인함 때문에 순간적으로 눈을 감아 버릴지도 모릅니다. 이렇게 이 작품은 사실적인 기법을 극대화하여 신체의 일부분이 떨어져 나가는 비참함과 비극성을 고조시키고 있습니다. 이는 민족의 비극과 수난을 효과적으로 드러내기 위해 작가가 선택한 독특한 기법이라고 볼 수 있겠지요.

**Q 만도는 아들 진수가 다리를 잃고 돌아온 것을 보자마자 왜 화부터 냈나요? 그러다가 나중에는 아들과 화해를 하는 것처럼 보이는데, 또 그건 어떻게 된 일인가요?**

**A** 이 작품에서는 아들 진수를 바라보는 아버지 만도의 심경이 어떻게 변화하는지에 주목할 필요가 있습니다. 왜냐하면 만도가 진수를 대하는 태도와 심경의 변화가 작품 전개의 중요한 모티프가 되고 있기 때문이지요. 만도의 심적 변화는 바로 비극적 현실에 대한 절망과 슬픔을 극복하고 미래를 향한 희망과 의지를 찾아나가는 과정인데요, 이러한 과정이야말로 이 작품의 주제를 드러내고 있다고 볼 수 있습니다.

처음에 만도는 아들이 살아서 돌아온다는 사실에 무척 들떠 있었습니다. 점심때나 도착하는 기차를 기다린다고 아침 댓바람부터 정거장에 나가 서성거리는가 하면, 기차가 도착한 후에는 많은 사람들 사이에서 아들을 찾느라 열심히 눈을 굴립니다. 특히 그는 삼대독자인 아들이 "설마 나같이 이렇게사 되진 않았겠지." 하며 절대 크게 다쳤을 리 없을 거라고 기대합니다. 그런데 마침내 눈앞에 나타난 아들이 한쪽 다리를 잃었다는 것을 알자마자 그는 아들에게 화를 내는 것처럼 냉담하게 대합니다. 그러고는 한쪽 다리로 힘겹게 따라가야 하는 아들의 처지는 아랑곳없이 자기 혼자 성큼성큼 주막을 향해 가지요. 만도가 아들을 보고 화를 낸 것은 무사하게 귀환할 것으로 기대했던 바람이 배반을 당했기 때문입니다. 아들과 만날 반가움과 기쁨에 들떠 있었던 만큼 실망감도 컸던 것이지요. 또한 아들에게 냉담하게 대한 것은 불구의 몸으로 살아가야 할 아들에 대한 아버지의 애틋한 마음이 반어적으로 표현된 것이라고도 볼 수 있습니다. 성치 못한 몸으로 힘들게 세상을 살아가야 할 아들의 삶을 생각하니 막막하고 억울한 감정을 주체할 수 없었던 것이지요.

그러나 주막에서 아들에게 국수를 먹이면서 그의 분노는 안쓰러움으로 변합니다. 결국 주막을 나와 함께 걸으면서 만도는 "목숨만 붙어 있으면 다 사능 기다."라며 아들을 격려합니다. 만도는 아들에게 비록 신체는 부자유스럽지만 서로 힘을 합해 살아가자고 말하며 삶의 의지를 북돋워 주는데요, 이를 결정적으로 보여 주는 것이 바로 만도가 진수를 업고 외나무다리를 건너는 장면입니다.

**Q 이 작품은 부자가 힘을 합해 외나무다리를 건너가는 모습을 용머리재가 내려다보는 장면으로 끝을 맺고 있는데요, 이 장면에서는 슬픔과 희망이 동시에 느껴지는 것 같아요. 작가는 이 장면을 통해 무엇을 말하고 싶었던 것일까요?**

**A** 아들은 절뚝절뚝 걸어가고 아버지는 한쪽 팔을 덜렁대며 아들의 뒤를 따라가는 장면을 통해 우리는 한국 현대사로 인한 두 사람의 비극적 운명이 대물림 속에 새겨져 있다는 것을 알 수 있어요. 말하자면 일제 강점기부터 6 · 25 전쟁으로 이어지는 민족 수난의 역사 때문에 육체의 손상마저도 대물림을 하게 되었다는 비극성이 뚜렷하게 드러나 있는 것이지요.

작품의 결말 부분에 나오는 외나무다리는 앞으로 아버지와 아들이 살아가는 일이 결코 쉽지 않을 것임을 암시하는 장치입니다. 불구의 몸으로는 평탄한 길을 걷는 것도 힘든데, 외나무다리를 건너는 것은 훨씬 더 힘에 부치는 일이겠지요. 하지만 이들 부자는 힘을 모아 그 위기를 헤쳐 나갑니다. 즉, 한쪽 팔은 없지만 다리는 성한 아버지가, 팔은 성하지만 한쪽 다리가 없는 아들을 업고 외나무다리를 건너는 것이지요.

이렇게 아버지가 아들을 업고 외나무다리를 건너는 장면은 각자의 결함을 보완하여 협동하고 화해하는 가운데 고난(외나무다리)을 극복해 나가야 한다는 주제를 드러냅니다. 민중 나름의 건강성으로 고난을 극복해 나가는 모습에서 희망을 느낄 수 있는 것이지요. 그런데 작품 말미에는 그들이 외나무다리를 건널 때 "용머리재가 이 광경을 가만히 내려다보고 있었다."라고 되어 있는데요, 마을의 상징적 존재인 용머리재가 높은 곳에서 이들 부자를 지켜본다는 것에는 응원의 뜻이 담겨 있다고 볼 수 있어요.

**Q '수난이대'라는 제목이 상징하는 바를 설명해 주세요.**

**A** '수난이대'라는 제목을 약간 풀어서 쓴다면 '수난을 겪은 두 세대 이야기' 정도가 될 거예요. '수난'이란 만도가 상처 입고 고통받아야 했던 일제 식민지 통치와, 진수가 불구의 몸으로 돌아와야만 했던 6 · 25 전쟁을 말하고, '이대'란 물론 아버지 만도와 아들 진수의 두 세대를 가리킵니다.

이 작품은 두 세대에 걸친 우리 민족의 수난을 간결하면서도 인상 깊게 그려 내고 있다는 장점을 갖고 있어요. '아버지 – 식민지 세대', '아들 – 6 · 25 전쟁 세대'라는 뚜렷한 대응 구조를 통해 민족의 수난이 대물림으로 이어져 있다는 것을 한눈에 알아볼 수 있도록 해 주지요. 또한 두 사람이 힘을 합해 외나무다리를 건넌다는 것은 민족 구성원이 힘을 합쳐 어려운 일을 헤쳐 나간다는 상징성을 독자에게 알기 쉽게 제시해 주고 있고요.

물론 이 작품의 골격을 이루는 두 세대의 이야기가 자칫 역사적 경험을 세대별로 나누어 버리는 경향으로 빠지는 것이 아닐까 하는 의문을 제기할 수도 있어요. 다시 말해 만도와 진수라는 개인의 운명을 우리 민족 전체의 운명으로 대체해 버리는 것은 지나치게 단순하고 도식적이 아니냐는 비판도 가능하지요. 하지만 단편 소설이라는 장르의 특성을 고려한다면 〈수난이대〉의 이러한 간결한 구조는 작품성을 더욱 돋보이게 해 주는 것이 아닐까 합니다.

## ⚜ 더 읽어 봅시다 ⚜

**6 · 25 전쟁을 겪어야만 했던 우리 민족사의 비극을 다룬 작품**

**황순원, 〈학〉** _6 · 25 전쟁 직후, 고향인 삼팔선 접경의 북쪽 마을에 돌아온 성삼은 농민동맹 부위원장을 지낸 친구 덕재가 치안대에 잡혀 오자 그를 단독으로 호송하게 된다. 처음에는 이념 대립으로 적대감을 품었지만 연행 과정에서 갈등이 점차 해소되며, 결국 성삼은 어린 시절 학 사냥의 기억을 되살리며 덕재의 포승줄을 풀어 준다. 이념의 분열을 넘어서는 우정과 인간애를 부각하고 있는 작품이다.

**하근찬, 〈붉은 언덕〉** _아이들은 수업 준비물인 '암석과 광물'을 캐러 '붉은 언덕'으로 올라가는데, 그곳은 6 · 25 전쟁 때 한국군과 인민군이 치열한 전투를 치르며 피를 흘린 곳이었다. 괭이와 삽으로 땅을 파다가 쇳덩어리를 하나 발견한 아이들은 호기심에 고리를 잡아당기고, 그 순간 엄청난 폭발로 인해 아이들이 희생된다. 그것은 전쟁 때 남겨진 수류탄이었던 것이다. 휴전에도 불구하고 전쟁은 끝나 버린 과거가 아니라 현재까지도 계속되고 있다는 것을 환기시켜 주는 작품이다.

# 흰 종이수염

6·25 전쟁으로 인해 가난에 시달려야 했던 시절에는 학비가 없어서 학교에 다닐 수 없는 아이들이 많았습니다. 아버지가 노무자로 전쟁에 끌려간 동길이도 사친회비를 내지 못해 교실에서 쫓겨나지요. 바로 그날, 한쪽 팔을 잃은 아버지가 2년 만에 집에 돌아옵니다. 동길이는 그런 아버지의 모습에 두려움을 느끼고, 친구들은 동길이의 아버지를 '외팔뚝이'라고 놀립니다. 과연 전쟁으로 인해 상처 입은 어린 소년이 자신의 비극적 현실에 어떻게 대응하는지 한번 들여다볼까요?

# 1

아버지가 돌아오던 날 동길(東吉)이는 학교에서 공부를 하지 못하고 교실을 쫓겨났다. 다른 다섯 명의 아이와 함께였다.

아이들은 모두 풀이 죽어 있었다. 어떤 아이는 시퍼런 코가 입으로 흘러드는 것도 아랑곳없이 눈만 대구• 깜작거렸고, 입술이 파랗게 질린 아이도 있었다. 여 생도• 둘은 찔끔찔끔 눈물을 짜내고 있었다. 축 처진 조그마한 어깨들이 볼수록 측은했다.

그러나 동길이만은 그렇지가 않았다. 그는 두 주먹을 발끈 쥐고 있었다. 양쪽 볼에는 발칵 불만을 빼물고 있었고, 수박씨만 한 두 눈은 차갑게 반짝거렸다.

'치! 울 엄마 일하는데 어떻게 학교에 오는공. 울 아부지 인제

---

대구 '대고'의 사투리. 무리하게 자꾸. 또는 계속하여 자꾸.

생도(生徒) 중등학교, 곧 중학교와 고등학교 이하의 학생을 이르던 말.

돈 많이 벌어 갖고 돌아오면 다 줄 낀데 자꾸 지랄같이……'

동길이는 담임 선생의 처사가 도무지 못마땅하여 속으로 또 한 번 눈을 흘겼다.

쫓겨나온 교실이 마음에 있다거나 선생님의 교탁 안으로 들어간 책보가 걱정이 된다거나 해서가 아니었다. 그런 알량한 몇 권의 헌책 나부랭이 혹은 사친회비를 못 내고 덤으로 앉아서 얻어 배우는 치사스러운 공부 같은 것, 차라리 시원했다. 집으로 돌아가서 돈을 가져오라는 호령 따위도 이미 면역이 된 지 오래여서 시들했다. 그러나 돈을 못 가지고 오겠거든 아버지나 어머니를 데려오라는 데는 딱 질색이었다. 전에 없던 일이었다.

"사람이면 염치가 좀 있어야지. 한두 달도 아니고. 이놈아! 너는 사, 오, 륙, 칠, 넉 달 치나 밀렸잖아. 이 학년 올라와서 어디 한 번이나 낸 일 있나? 지금 당장 가서 가져오든지 그러찮음 아버질 데려와!"

냅다 고함을 지르는 바람에 간이 덜렁했으나 동길이는 또렷한 목소리로,

---

처사(處事) 일을 처리함. 또는 그런 처리.
책보(冊褓) 책을 싸는 보자기. 오늘날의 책가방.
알량하다 시시하고 보잘것없다.
사친회비(師親會費) 예전에, 사친회의 운영을 위하여 학부모들이 일정하게 내던 돈. 이후 기성회비, 육성회비 등으로 바뀌었다.
사친회(師親會) 학교를 중심으로 하여 학부모와 교사로 이루어진 모임. 학교 운영에 필요한 재정적인 후원뿐만 아니라 교사와 학부모가 협력하여 학생의 성장과 발달을 돕기 위하여 만듦.
간이 덜렁했으나 몹시 놀라 충격을 받았으나.

"아부지 집에 없심더."

했다.

"어디 가고 없노?"

"노무자 나갔심더."

"……."

징용에 나갔다는 말을 듣자 선생은 잠시 말이 없다가,

"그럼 어머니라도 데려와."

했다. 목소리가 꽤 누그러졌으나, 매정스럽기는 매양 한가지였다.

"안 데려옴 넌 여름 방학 없다. 알겠나?"

"……."

동길이는 대꾸를 하지 않았다. 입을 꼭 다물고 양쪽 볼에 발칵 힘을 주었다. 그리하여 다른 다섯 아이와 함께 책보는 말하자면 차압을 당하고 교실을 쫓겨났던 것이다.

아이들은 땅바닥을 내려다보며 힘없이 운동장을 걸어 나갔다. 여 생도 둘은 유난히 단발머리를 떨어뜨리고 걸었다. 목덜미가 따갑도록 햇볕이 쏟아져 내렸다.

맨 앞장을 서 가던 동길이는 발끝에 돌멩이 하나가 부딪치자

---

노무자(勞務者) 노동자. 노동력을 제공하고 얻은 임금으로 생활을 유지하는 사람. 여기에서는 6 · 25 전쟁 당시 징용에 동원된 사람을 뜻함.

징용(徵用) 전시 · 사변 또는 이에 준하는 비상사태에, 국가의 권력으로 국민을 강제적으로 일정한 업무에 종사시키는 일.

차압(差押) 민사 소송법에서, 빚을 진 사람의 재산을 마음대로 처분하지 못하도록 강제로 압류하는 일. 여기에서는 책보를 선생님에게 빼앗긴 것을 뜻함.

그만 그것을 사정없이 걷어차 버렸다. 마치 무슨 분풀이라도 하는 듯이……. 발가락 끝에 불이 화끈했으나 그는 어금니를 꽉 지르물고• 아무렇지도 않은 체했다.

킥! 하고 한 아이가 웃음을 터뜨리자 다른 아이들도 따라서 낄낄 웃었다. 어쩐지 모두 속이 시원했던 것이다.

그러나 누가 먼저 뒤를 돌아보았는지 모른다. 웃음은 일제히 뚝 그치고 말았다. 그들을 쫓아낸 얼굴이 창문 밖으로 이쪽을 내다보고 있었던 것이다. 여섯 개의 가느다란 모가지가 도로 움츠러들지 않을 수 없었다.

교문을 나서자 아이들은 움츠렸던 목을 쑥 뽑아 들고 다시 교실 쪽을 돌아보았다. 이제 선생님의 얼굴은 보이지 않고, 장단을 맞추어 구구(九九)•를 외는 소리만이 우렁우렁 창밖으로 울려 나왔다.

사—이는 팔, 사—삼 십이, 사—사 십육…….

동길이는 별안간 무슨 생각이 났는지 오른쪽 주먹을 왼쪽 손아귀로 가져가더니 그만 힘껏 안으로 밀어내며,

"요놈 먹어라!"

하는 것이었다. 감자를 한 개 내질러⚜ 준 것이다. 그리고 후닥닥

---

지르물다 아랫니와 윗니를 꽉 눌러 물다.

구구(九九) 구구법, 곧 구구단을 이름.

⚜ 감자를 한 개 내질러 '감자를 내지르다'는 '주먹을 쥐어 허공에 치는 시늉을 하여 상대방을 조롱하는 몸짓'을 뜻한다.

몸을 날렸다. 빵소니를 치면서도 냅다,

"사오 이십, 사륙은 이십사, 사칠은 이십팔……."

하고 고함을 질러 댔다.

다른 아이들도 와— 환호성을 올리며 덩달아 사방으로 흩어져 갔다. 군용 트럭이 한 대 뿌연 먼지를 날리며 달려오고 있었다.

## 2

"오— 이는 십, 오— 삼 십오, 오— 사 이— 십……."

동길이는 중얼중얼 구구를 외우면서 신작로를 걸었다. 이마에 맺힌 땀이 뺨을 타고 까만 목줄기로 흘러내렸다.

"아—, 덥다."

동길이는 손등으로 아무렇게나 땀줄기를 훔쳤다.

읍 들머리에 냇물이 흐르고 있었다. 물 밑에 깔린 자갈들이 손에 잡힐 듯 귀물스럽게 떠올라 보이는 맑은 시내였다. 그 위

---

냅다 몹시 빠르고 세찬 모양.
군용(軍用) 군사적 목적에 씀. 또는 그 목적에 쓰는 돈이나 물건.
신작로(新作路) 1. 새로 만든 길이라는 뜻으로, 자동차가 다닐 수 있을 정도로 넓게 새로 낸 길을 이르는 말. 2. 큰길.
들머리 들어가는 맨 첫머리.
귀물스럽다(貴物---) 귀중한 물건인 듯하다.

로 인도교와 철교가 나란히 지나가고 있었다.

다리에 이르자 동길이는 아래를 내려다보았다.

"히야, 용돌(用乭)이 짜식, 벌써 멕 감고 있대이, 학교는 그만 두고 짜식 참 좋겠다."

그리고 쪼르르 강둑을 굴러 내려갔다.

동길이를 보자 용돌은 물속에서 배꼽을 내밀며,

"동길아! 임마, 니 핵교는 안 가고, 히히히……."

웃어 댄다.

"갔다 왔어, 짜식아."

"무슨 놈의 핵교를 그렇게 빨리 갔다 오노."

"돈 안 가져왔다고 안 쫓아내나."

"뭐, 돈?"

"그래, 사친회비 안 냈다고 집에 가서 어무이를 데려오라 안 카나."

"지랄이다 지랄. 그런 놈의 핵교 뭐 할라꼬 댕기노. 나같이 때리챠 버리라구마."

"그렇지만 임마, 학교 안 댕기면 높은 사람 못 된다. 아나."

"개똥이다 캐라, 흐흐흐……."

그리고 용돌이는 개구리처럼 가볍게 물속으로 잠겨 버린다.

---

인도교(人道橋) 사람이나 자동차가 다니도록 놓은 다리.
멕 '미역'의 준말인 '멱'의 사투리. 냇물이나 강물 등에 들어가 몸을 담그고 씻거나 노는 일.
감다 머리나 몸을 물로 씻다.

동길이는 물기슭에 서서 때에 절은 런닝구와 삼베 바지를 홀랑 벗어 던졌다.

이때,

"꽤애액!"

기적 소리도 요란하게 철교 위로 기차가 달려들었다. 북쪽에서 내려오는 기차였다. 동길이는 까만 고추를 달랑거리며 후닥닥 철교 쪽으로 뛰었다. 용돌이란 놈도 물에서 뿔뿔 기어 나왔다.

커더덩 커더덩……. 철교가 요란하게 울리고, 그 위로 시꺼먼 기차가 바람을 일으키며 신나게 달려간다. 차창마다 사람들이 이쪽을 내려다보고 있다. 어떤 창구•에는 철모를 쓴 국군 아저씨가 담배 연기를 푸우 내뿜고 있는 것이 보인다. 동길이는 저도 모르게 두 손을 번쩍 쳐들었다.

"만세이!"

그리고 용돌이를 돌아보았다. 용돌이란 놈은 까닭도 없이 대구 주먹으로 감자를 내지르고 있다. 고약한 놈이다.

동길이는 웬일인지 기차만 보면 좋았다.

'울 아부지도 저런 차를 타고 척 돌아올 끼라. 울 아부지 빨리 돌아왔으면 좋겠다.'

사라져 가는 기차 꽁무니를 바라보며 동길이는 잠시 노무자

---

창구(窓口) 창을 내거나 뚫어 놓은 곳.

로 나간 아버지 생각에 가슴이 빼근했다. 그러나 얼른,

"용돌아 임마, 내기할래?"

고함을 지르면서 후다닥 몸을 날렸다. 풍덩! 물소리와 함께 까만 몸뚱이가 미끄러지듯 물속으로 자맥질해 들어갔다. 용돌이도 뒤따라 풍덩! 물 밑으로 잠긴다.

물고기들 부럽지 않게 얼마를 놀았는지 모른다. 뚜 — 하고 정오를 알리는 사이렌 소리가 울려 왔을 때에야 동길이는 물에서 나왔다. 배가 홀쭉했다. 주섬주섬 옷가지를 주워 걸치며,

"짜식아, 그만 안 갈래?"

용돌이를 돌아보았다. 용돌이란 놈은 무슨 물고기 삼신인 듯 아직도 나올 생각을 않고 풍덩거리며 벌죽벌죽 웃고만 있다.

"배 안 고프나?"

"배사 고프다. 그렇지만 임마, 집에 가야 밥이 있어야지. 너거 집엔 오늘 점심 있나?"

"몰라, 있을 끼다."

"정말이가?"

"짜식아, 있으면 니 줄까 봐."

그리고 동길이는 타박타박 자갈밭을 걸었다.

---

빼근하다 어떤 느낌으로 꽉 차서 가슴이 빼개지는 듯하다.

자맥질하다 물속에서 팔다리를 놀리며 떴다 잠겼다 하다.

삼신(三神) 아기를 점지하고 산모와 태어난 아기를 돌보는 세 신령. 여기에서는 '(물고기) 귀신' 정도의 의미로 쓰임.

⚜ 물고기 삼신인 듯 물고기 귀신이 들러붙은 듯 물장난에 열중했다는 의미이다.

다리를 지날 때 후끈한 바람결에 난데없이 노랫소리가 흘러왔다. 극장에서 울려 나오는 스피커 소리였다. 이 무더운 대낮에 누가 극장엘 가는지 모르지만 그래도 사람을 끌어모으려고, 아리랑 시리랑…… 하고 악을 써 쌓는다.

그러나 동길이는 배가 고파서 그런 것은 도무지 흥이 나질 않았다. 오늘따라 왜 이렇게 시장기가 치미는지 알 수 없었다. 너무 오래 멱을 감은 탓일까? 타박타박 옮기는 걸음이 자꾸 무거워만 갔다.

## 3

집 사립문 앞에 이르자 동길이는 흠칫 그 자리에 멈추어 섰다. 마루에 벌렁 드러누워 있는 사람이 있었던 것이다.

어머니도 아니었다. 남자였다.

동길이는 조심조심 사립 안으로 걸어 들어갔다. 어머니는 부엌문 앞에서 무엇을 북북 치대고 있었다. 인기척에 후딱 뒤를 돌아본 어머니는 마루에 누워 있는 사람을 눈으로 가리켰다. 어머니의 두 눈에는 슬픈 빛이 서려 있었다.

---

시장기(--氣) 배가 고픈 느낌.
사립문(--門) 나뭇가지를 엮어서 만든 문.
치대다 빨래, 반죽 등을 무엇에 대고 자꾸 문지르다.

동길이는 어찌 된 영문인지 알 수 없었다. 그러나 마루에 누워 있는 사람이 누구라는 것을 알아챘다.

"아부지!"

동길이는 얼른 누워 있는 아버지 곁으로 가까이 갔다. 아버지는 자고 있었다. 그러나 동길이는 아버지를 향해 꾸뻑 절을 했다.

'아까 그 기차를 타고 오신 모양이지. 헤 참, 그런 줄 알았으면 얼른 집에 올 걸 갖다가야…….'

꼬박 이 년 만에 돌아온 아버지— 동길이는 조심히 아버지의 얼굴을 들여다보았다. 꺼멓게 탄 얼굴에 움푹 꺼져 들어간 두 눈자위, 그리고 코밑이랑 턱주가리에는 수염이 지저분했다. 목덜미로 식은땀이 흐르고 있었고, 입언저리에는 파리 떼가 바글바글 엉겨 붙어 있었다. 그러나 아버지는 그런 줄도 모르고 푸푸 코를 불면서 자고만 있다. 동길이는 파리란 놈들을 후려쳤다.

어머니가 조심스러운 눈길로 동길이를 힐끗 돌아본다.

집에 와서 갈아입었는지 아버지의 입성은 깨끗했다. 징용에 나가기 전, 목공소에 다닐 때 입던 누런 작업복 하의에 삼베 샤쓰…… 그런데,

"에!"

---

턱주가리 '아래턱'을 속되게 이르는 말.
입성 '옷'을 속되게 이르는 말.

이게 웬일일까?

동길이는 두 눈이 휘둥그레지고 입이 딱 벌어졌다. 그러나 어머니는 동길의 놀라는 모습을 돌아보지 않고 후유— 한숨을 쉴 따름이었다. 동길이는 떨리는 손으로 한쪽 소맷부리를 들추어 보았다.

없다. 분명히 없다.

동길이는 어머니를 향해 소리쳤다.

"어무이! 아부지 팔 하나 없다!"

"……."

"팔 하나 없어, 팔!"

"……."

"잉?"

"……."

말없이 돌아보는 어머니의 두 눈에는 눈물이 흥건히 괴어 있었다.

동길이는 아버지가 슬그머니 무서워지는 것이었다.

어머니 곁으로 가서 부엌문에 붙어 서서도 곧장 아버지의 한쪽 소맷자락을 힐끗힐끗 건너다보았다.

어머니는 또 한 번 후유— 한숨을 쉬면서 함지박을 들고 부

---

소맷부리 옷소매에서 손이 나올 수 있게 뚫려 있는 부분.
함지박 통나무의 속을 파서 큰 바가지같이 만든 그릇.

엌으로 들어갔다. 밀가루 수제비를 뜨는 것이었다. 어머니의 손끝에서 똑똑 떨어져서 부글부글 끓어오르는 물속으로 들어가는 수제비를 바라보자 동길이는 배에서 꼬르륵 소리가 났다. 꿀꺽 침을 삼켰다. 아버지의 팔뚝 생각 같은 것은 이미 없었다.

수제비를 떠서 두 그릇 상에 받쳐 들고 어머니가 부엌을 나오자 동길이는 앞질러 마루로 올라갔다. 아버지는 아직 쿨쿨 자고 있었다. 아버지의 한쪽 소맷자락이 눈에 띄자 동길이는 다시 흠칫했다.

"보이소예! 그만 일어나이소. 점심 가져왔구마."

어머니가 흔들어 깨우는 바람에 아버지는,

"으으윽—."

한 개밖에 없는 팔을 내뻗어 기지개를 켜며 부스스 일어났다. 동길이는 저도 모르게 뒤로 한 걸음 물러섰다. 그리고 얼른 아버지를 향해 절을 하기는 했으나 겁을 집어먹은 듯 눈이 둥글했다. 아버지는 동길이를 보더니,

"으으…… 핵교 잘 댕깄나? 어무이 말 잘 듣고?"

그리고 아아윽! 커다랗게 하품이었다.

점심상을 가운데 놓고 아버지와 동길이 마주 앉았다. 그 곁에 어머니는 뚝배기를 마룻바닥에 놓고 앉았다.

---

뜨다 고기 따위를 얇게 저미다. 여기에서는 '밀가루 반죽 덩어리를 얇게 떼어 넣어 수제비를 만든다'의 뜻으로 쓰임.

몰씬몰씬 김이 오르는 수제비죽— 동길이는 목젖이 튀어 나오는 것 같았다. 후딱 숟가락을 들었다. 그리고 그 뜨끈뜨끈한 놈을 폭 한 숟갈 떠올리기가 무섭게 아가리를 짝 벌렸다.

아버지도 숟가락을 들었다. 왼쪽 손이었다. 없어진 팔이 하필이면 오른쪽이었던 것이다. 어머니는 그것을 보자 이마에 슬픈 주름을 잡으며 얼른 외면을 했다. 그러나 동길이는 수제비를 퍼올리기에 바빠서 아버지의 남은 손이 왼손인지 오른손인지 그런 건 도무지 아랑곳없었다.

돼지 새끼처럼 한참을 그렇게 퍼먹고 나서야 좀 숨이 돌리는 듯 동길이는 힐끗 아버지를 거들떠보았다. 아버지의 숟가락질은 도무지 서툴기만 했다.

'아부지 팔이 하나 없어져서 참 큰일났제. 저런! 오른쪽 팔이 없어졌구나. 우짜다가 저랬는고이?'

그리고 동길이는 남은 국물을 훌훌 마저 들이마셨다. 콧등에 맺힌 땀방울이 또르르 굴러 내린다.

"아—."

이제 좀 살겠다는 것이다.

---

몰씬몰씬 김이나 연기, 먼지 등이 자꾸 모락모락 피어오르는 모양.
아가리 '입'을 속되게 이르는 말.
아랑곳없다 어떤 일에 참견을 하거나 관심을 둘 필요가 없다.

# 4

"동길아, 학교 가자아!"

사립문 밖에서 부르는 소리가 났다. 이웃에 사는 창식(昌植)이었다.

"동길아, 학교 안 갈래?"

동길이는 가만히 마루로 나와 신을 찾았다.

이때, 뒷간에서 나온 동길이 아버지가 한 손으로 을씨년스럽게 고의춤●을 여미면서●,

"누구냐? 이리 들어와서 같이 가거라."

했다.

창식이 들어섰다. 창식이는 동길이 아버지를 보자 냉큼 허리를 꺾었다. 그리고 동길이 아버지의 팔뚝이 없는 소맷자락으로 눈이 가자 희한한 것이라도 발견한 듯 두 눈이 번쩍 빛났다.

동길이는 신을 신고 조심조심 마당으로 내려섰다. 아버지는 동길이를 보고,

"길아! 니 책보 우쨌노?"

"……."

동길이는 얼른 대답이 나오질 않았다. 마치 저에게 무슨 잘못

---

고의춤 고의나 바지의 허리를 접어서 여민 사이.
  고의 남자의 여름 홑바지.
여미다 벌어진 옷깃 등을 바로 합쳐 단정하게 하다.

이라도 있는 것처럼…….

"응? 책보 우쨌어?"

그러자 옆에서 창식이란 놈이 가벼운 조동아리를 내밀었다.

"빼앗깄심더."

"빼앗기다니 누구한테?"

"선생님한테예."

"뭐 선생님한테?"

"예."

"와?"

"사친회비 안 낸 아이들은 다 빼앗고 집에 쫓았심더. 사친회비 안 가져온 사람은 방학도 없답니더."

"……."

동길이 아버지는 입술이 파랗게 굳어져 갔다.

"아부지!"

동길이가 입을 떼었다.

"아부지, 나 학교 안 댕길랍니더."

"뭐?"

"때리챠 버릴랍니더."

"음—."

아버지의 입에서는 무거운 신음 소리가 새어 나왔다. 그리고

---

조동아리 '입' 또는 '부리'를 낮잡아 이르는 말.

왈칵 성이 복받치는 듯,

"까불지 말고 빨리 갓!"

하고 고함을 질렀다. 부엌에서 설거지를 하고 있던 어머니가 눈이 휘둥그레져 가지고 바라본다. 동길이는 후딱 밖으로 튀어나왔다.

동길이와 창식이는 어깨를 나란히 하고 걸었다. 다리를 건너면서 창식이가,

"동길아, 느그 아부지 팔 하나 없어졌제?"

했다.

"……."

"노무자 나가서 그랬제?"

"……."

"팔이 하나 없어져서 어떻게 목수질하노? 인제 못 하제, 그제?"

"몰라! 이 짜식아."

동길은 발끈해졌다. 눈꺼풀이 파르르 떨렸다. 곧 한 대 올려붙일 기세였다. 창식이는 겁을 집어먹고 한 걸음 떨어져 섰다. 그리고 두 눈을 대구 껌벅거렸다.

창식이는 내빼듯이 똑바로 학교로 갔으나, 동길이는 다리를 건너자 강둑을 굴러 내려갔다.

---

올려붙이다 뺨 등을 손으로 힘껏 때리다.

용돌이가 아직 보이지 않았으나 그런대로 동길이는 옷을 벗었다.

대낮이 가까워졌을 무렵, 동길이는 아이들이 떠들어 대는 소리를 듣고 다리 위를 쳐다보았다.

"외팔뚝이—."

"하나, 둘, 셋!"

"외팔뚝이—."

다리 난간에 붙어 서서 이쪽을 내려다보며 소리를 모아 고함을 질러 대는 아이들은 틀림없는 자기 학급 아이들이었다. 동길이는 귀뿌리를 한 대 얻어맞은 듯했다. 동길이가 쳐다보자 이번엔 한 놈씩 차례차례 고함을 질러 나간다.

"똥길이 즈그 아부지 외팔뚝이—."

"외팔뚜기 새끼 모욕하네—."

"학교는 안 오고 모욕만 하네—."

맨 마지막으로,

"외팔뚜기 오늘 학교 왔더라—."

하는 소리는 어딘지 모르게 속으로 기어 들어가는 소리였다. 그리고 살그머니 아이들 뒤로 숨어 버리는 것이었다. 창식이란 놈에 틀림없었다.

동길이는 온몸에 쥐가 나는 듯했다. 치가 떨렸다. 부리나케

---

귀뿌리 귓바퀴가 뺨에 붙은 부분.

물 밖으로 헤엄쳐 나온 그는 후닥닥 돌멩이를 집어 들었다. 돌멩이는 다리 난간을 향해서 핑핑 날았다. 그러나 한 개도 거기까지 가서 닿는 것이 없었다.

다리 위에서는 와— 환호성을 올리며 좋아라 하고 웃어 댄다. 그리고 어떤 놈이 뱉었는지 침이 날아왔다.

약이 오를 대로 오른 동길이는 두 손에 돌멩이를 발끈 쥐고 그냥 막 자갈밭을 내달았다. 강둑을 뛰어올라 다리를 향해 마구 달리는 것이었다. 빨간 알몸뚱이가 마치 다람쥐 같았다.

욕지거리를 퍼부어 쌓던 아이들은 큰 소리로 웃어 대면서 우르르 도망들을 친다. 도저히 따를 만한 거리가 아니었다. 그러나 동길이는 손에 쥔 돌멩이를 힘껏 내던졌다.

분해서 견딜 수가 없었다.

"짜식들 어디 두고 보자. 창식이 요놈 새끼, 쥐기 삐릴[죽여 버릴] 끼다. 요놈 새끼……."

## 5

그날 저녁, 동길이는 아버지에게 되게 꾸지람을 들었다.

아버지는 어디에서 술을 마셨는지 얼굴이 벌겋게 익어 가지

---

욕지거리(辱---) '욕설'을 속되게 이르는 말.

고 비칠비칠 사립문을 들어서더니 대뜸,

"길이 이놈 어디 갔노, 응?"

하고 소리를 질렀다. 손에 웬 책보 하나와 흰 종이를 포개 쥐고 있었다.

마루에서 저녁을 먹고 있던 동길이와 어머니는 눈이 둥글해졌다.

"아, 이놈 여깄구나. 이놈, 니 오늘 어딜 갔띠노? 핵교 안 가고, 어딜 싸돌아댕깄노? 응?"

마루에 올라와 덜커덩 궁둥방아를 찧으며 눈알을 부라렸다.

"아이구, 어디서 저렇게 술을……."

어머니는 혼잣말처럼 중얼거리며 밥상을 가지러 일어선다.

"아, 오늘 김 주사가 한턱내더라. 우리 목공소 주인 김 주사가 말이지, 징용 나가서 고생 많이 했다고 한턱내더라니까. 고생 많이 했다고…… 팔뚝을 하나 나라에 바쳤다고……. 으흐흐흐……."

그러고는 또,

"이놈! 너 오늘 와 핵교 안 갔노? 응? 돈이 없어서 안 갔나? 응? 응? 이 못난 자식아! 뭐 핵교를 안 댕기겠다고?"

---

비칠비칠 몸을 바로 가누지 못하고 쓰러질 듯이 이리저리 어지럽게 잇따라 비틀거리는 모양.
대뜸 이것저것 생각할 것 없이 그 자리에서 곧.
궁둥방아 엉덩방아. 넘어지거나 주저앉아서 엉덩이로 바닥을 쾅 구르는 짓.
주사(主事) (남자의 성 아래 쓰여) 그를 높여 이르는 말.

하고 마구 퍼부어 댄다.

"이놈아, 오늘 내가 핵교에 갔다. 핵교에 갔어. 너거 선생 만나서 다 이애기했다. 이 봐라, 이놈아! 내 팔이 하나 안 없어졌나. 이것을 내보이면서 다 이애기하니까 너거 선생 오히려 미안해서 죽을라 카더라, 죽을라 캐. 봐라, 이렇게 책보도 안 받아 왔는강."

아버지는 책보를 동길이 앞에 불쑥 내밀었다. 동길이는 책보와 흰 종이를 한꺼번에 받아 안으며 모가지를 움츠렸다.

"이놈아, 아부지가 징용에 나갔다고 선생님한테 와 말을 못 하노. 아부지가 돌아오면 다 갖다 바치겠다고 와 말을 못 하노 말이다. 입은 뒀다가 뭐 할라 카는 입이고?"

"아부지 노무자 나갔다고 캥심더."

동길이는 약간 보로통해졌다•.

"뭐, 이놈아? 니가 똑똑하게 말을 못 했으니까 그렇지. 병신 자식 같으니……."

어머니가 밥상을 들고 와서 아버지 앞에 놓으며,

"자아, 그만하고 어서 저녁이나 드이소."

했다. 아버지는 숟가락을 들었다. 그러나 밥을 떠올릴 생각은 않고 연방• 떠들어 댄다.

---

보로통하다 불만스럽거나 못마땅하여 성난 빛이 얼굴에 조금 나타나 있다.
연방(連方) 연속해서 자꾸.

"내가 비록 이렇게 팔이 하나 없어지긴 했지만, 이놈아, 니 사친회비 하나를 못 댈 줄 아나? 지금까지 밀린 것 모두 며칠 안으로 장만해 준다. 방학할 때까진 어떠한 일이 있어도 장만해 준단 말이다. 오늘 너거 선생한테도 그렇게 약속했다. 문제없단 말이다. 애비의 이 맘을 알고 니가 더 열심히 핵교에 댕기야지, 나 핵교 때리챠 버릴랍니더가 다 뭐고? 이누무 자식, 그기 말이라고 하는 기가?"

동길이는 그만 울먹울먹해졌다. 그러나 한사코 눈물을 흘리지는 않았다.

아버지는 밥을 몇 숟갈 입에 떠 넣다가 별안간 또 무슨 생각이 났는지 이번에는 어머니에게,

"이봐, 나 오늘 취직했어, 취직. 손이 하나 없으니까 목수질은 못하지만 그래도 다 씌어먹을[써먹을] 데가 있단 말이여. 씌어먹을 데가……."

정말인지 거짓부렁인지 알 수 없는 소리를 대구 주워섬긴다.

"아니, 참말로 카능교? 부로 카능교?"

"허, 부로 카긴 와 부로 캐. 내가 언제 거짓말하더나?"

"……."

"극장에 취직이 됐어, 극장에……."

---

거짓부렁 '거짓말'을 속되게 이르는 말.
대구 '대고'의 사투리. 계속하여 자꾸.
부로 '부러'의 사투리. 실없이 거짓으로.

"뭐 극장에요?"

"그래 와, 나는 극장에 취직하면 안 될 사람이가? 그것도 다 김 주사, 우리 오야붕 덕택이란 말이여, 팔뚝을 한 개 나라에 바친 그 덕택이란 말이여, 으흐흐흐……. 내일 나갈 적에 종이로 수염을 만들어 갖고 가야 돼. 바로 이 종이가 수염 만들 종이 앙이가."

동길이가 책보와 함께 받아 가지고 있는 흰 종이를 손가락으로 가리켰다.

때마침 저녁 손님을 부르는 극장의 스피커 소리가 우렁우렁 울려왔다.

"을씨구, 저 봐라 우리 극장 선전이다. 이래 봬도 나도 내일부턴 극장 선전부원이란 말이여, 선전부원. 으흐흐흐……."

그러고는 벌떡 일어서서 흘러오는 노랫소리에 맞추어 우쭐우쭐 춤을 추기 시작했다. 하나밖에 없는 팔을 대구 내저으며 제법 궁둥이까지 흔들어 댄다. 꼴불견이다. 동길이는 킬킬킬 웃었다. 그러나 어머니는 이맛살을 찡그리며,

"아이구, 무슨 놈의 술을 저렇게도 마셨노. 쯧쯧쯧……."

혀를 찼다.

아리 아리랑 시리 시리랑…… 하고 돌아 쌓던 아버지는 그만

---

오야붕 일본어로 '두목', '우두머리'라는 뜻.

꼴불견(-不見) 하는 짓이나 겉모습이 차마 볼 수 없을 정도로 우습고 거슬림.

방 아랫목에 가서 벌떡 드러누우며,

"아으흐—."

하고 괴로운 소리를 질렀다.

"밥 그만 잡숫능교?"

어머니가 묻자,

"안 먹을란다."

했다.

그리고 잠시 후 아버지는 훌쩍훌쩍 흐느끼기 시작하는 것이었다. 두 눈에서 솟구친 눈물이 양쪽 귓전으로 추적추적 건잡을 수 없이 흘러내렸다. 동길이는 도무지 어찌 된 영문인지 알 수가 없었다. 그러면서 덩달아 코끝이 매워 왔다.

## 6

부엌에서 달그락거리는 소리에 동길이는 눈을 떴다. 어느새 아버지는 일어나서 윗목에 쭈그리고 앉아 뭣을 열심히 만지작거리고 있었다.

동길이는 발딱 몸을 일으켰다. 모기에 물려 부르튼 자리를 득득 긁으면서 아버지 곁으로 다가갔다. 아버지는 가위질을 하고 있었다. 두 발로 종이를 밟고, 왼쪽 손에 든 가위로 을씨년스럽게 그것을 오리고 있는 것이었다.

"아부지, 그거 뭐 합니꼬!"

"쉬염 만든다 안 카더나, 어젯밤에 안 카더나."

"쉬염 만들어서 뭣 하는데예?"

"넌 알 끼 아니다."

"……."

"요렇게 좀 삐져다 도고."

동길이는 아버지한테서 가위를 받아 쥐고 종이를 국수처럼 가닥가닥 오려 나갔다. 그리고 아버지가 시키는 대로 그것을 실로 꿰매기 시작했다.

어머니가 밥상을 들고 들어왔을 때는 한 다발의 흰 종이수염이 제법 그럴듯하게 만들어졌다. 어머니는 밥상을 놓으며,

"그걸로 대체 뭐 하는게? 광대놀음 하는게?"

했다.

"광대놀음? 흐흐흐……."

아버지는 서글피 웃었다.

창식이란 놈이 부르러 올 리 없었다. 그러나 동길이는 밥숟갈을 놓기가 바쁘게 책보를 들고 일어섰다. 아버지도 방구석에 걸린 낡은 보릿짚 모자를 벗겨서 입으로 푸푸 먼지를 부는 것이었다.

---

삐지다 칼 등으로 물건을 얇고 비스듬하게 잘라 내다.
광대놀음 정월 대보름날 호남 지방에서 하는 놀이. 풍물패가 악귀를 쫓고 복을 빌어 주며 호랑이, 너구리, 토끼 등의 가면을 쓰고 풍물을 치면서 마을을 돌아다닌다.

책보를 옆구리에 낀 동길이가 앞서고, 종이로 만든 수염을 손에 든 아버지가 뒤따라 집을 나섰다.

아버지와 동길이는 삼거리에서 헤어졌다. 헤어질 때, 아버지는 동길이에게,

"걱정 말고 꼭 핵교에 가거래이, 응?"

다짐을 했고, 동길이는,

"예!"

또렷한 목소리로 대답을 했다.

동길이는 선생님을 대하기가 매우 거북스러웠다. 그러나 선생님은 별로 못마땅해하는 눈치도 없이,

"결석하면 안 된다. 알겠나?"

예사로 한마디 던질 뿐이었다.

학급 아이들이야 뭐라건 그런 건 조금도 두려울 게 없었다. 감히 동길이 앞에서 뭐라고 빈정거릴• 만한 아이도 없기는 했지만……. 그만큼 동길이의 수박씨만 한 두 눈은 반짝거렸고, 주먹은 야무졌던 것이다.

동길이가 등교를 하자 창식이는 고양이를 피하는 쥐새끼처럼 곧장 눈치를 살피며 아이들 뒤로 살금살금 돌아가는 것이었다. 어제 일을 생각하면 창식이란 놈을 당장 족쳐• 버렸으면 싶

---

빈정거리다 남을 은근히 비웃는 태도로 자꾸 놀리다.
족치다 견디지 못하도록 몹시 괴롭히거나 다그치다.

었으나 동길이는 웬일인지 오늘은 얼른 그런 용기가 나지 않았다. 사친회비를 못 가져와서 아무래도 선생님의 눈치가 보이는 탓인지, 혹은 어제 팔 하나 없는 아버지가 학교에 왔었다는 그 때문인지, 아무튼 어깨가 벌어지지* 않았다.

동길이는 얌전히 앉아서 네 시간을 끝마쳤다. 동길이네 분단이 청소 당번이었다. 시간이 끝나자 창식이 들은 우르르 집으로 돌아갔고 동길이네는 빗자루를 들었다.

청소가 끝나자 동길이는 책보를 옆구리에 끼고 교실을 뛰어나왔다. 운동장에는 뙤약볕• 이 훅훅 쏟아지고 있었다. 찌는 듯 무더웠다.

'시원한 아이스께끼•라도 한 개 먹었으면…….'

동길이는 이런 생각을 하며 침을 꿀꺽 삼켰다. 배도 꽤 고파왔다.

이마에 맺히는 땀을 씻으며 타박타박 신작로를 걸었다. 냇물로 내려갈까 했으나 아침에 먹다 남겨 놓은 밥사발이 눈앞에 어른거려 그냥 똑바로 다리를 건넜다.

---

* 어깨가 벌어지지 '어깨가 벌어지다'는 '어깨가 옆으로 퍼져 체격이 좋다'는 뜻이지만, 여기에서는 '굽힐 것 없이 당당해지다'는 뜻으로 쓰였다.

뙤약볕 여름날에 강하게 내리쬐는 몹시 뜨거운 볕.

아이스께끼 '아이스케이크'의 옛 용어. 꼬챙이를 끼워 만든 얼음과자.

# 7

삼거리에 이르렀을 때였다. 동길이는 눈이 번쩍 뜨였다. 참 희한한 것을 보았기 때문이다.

저만큼 먼 거리였으나 얼른 보아 그것이 무슨 광고판이라는 것을 알 수 있었다. 가마니 한 장만이나 한 크기일까? 그런 광고판이 길 한가운데를 이쪽으로 걸어오고 있는 것이었다. 그 움직이는 광고판을 따라 우르르 아이들이 떠들어 대며 몰려오고 있었다.

동길이는 저도 모를 새 뛰고 있었다. 차츰 가까워지면서 보니 그것은 틀림없는 광고판이었다. 그러나 그 광고판에는 다리가 두 개 달려 있고, 머리도 하나 붙어 있었다.

사람이었다. 사람이 가슴 앞에 큼직한 광고판을 매달고 걸어오고 있는 것이었다. 등에도 똑같은 광고판을 짊어지고 있는 듯했다. 머리에는 알롱달롱하고 쭈뼛한 고깔을 쓰고 있었고, 얼굴에는 밀가룬지 뭔지 모를 뿌연 분이 덕지덕지 칠해져 있었다. 그리고 턱에는 수염이 허옇게 나부끼고 있었다. 아주 늙은 노인

---

가마니 곡식이나 소금 등을 담기 위하여 짚을 돗자리 짜듯이 쳐서 만든 자루.
  치다 돗자리, 멍석, 가마니 등을 틀로 짜다.
알롱달롱하다 여러 가지 빛깔의 작고 또렷한 점이나 줄 등이 고르지 아니하고 촘촘하게 무늬를 이룬 상태이다.
쭈뼛하다 물건의 끝이 차차 가늘어지면서 삐죽하게 솟다.
고깔 승려나 무당 또는 농악대들이 머리에 쓰는, 위 끝이 뾰족하게 생긴 모자.

인 것 같기도 했고, 어찌 보면 그렇지 않은 듯도 했다.

이 희한한 사람이 간간이 또 메가폰을 입에다 갖다 대고, 뭐라고 빽빽 소리를 질러 대는 것이 아닌가. 재미있는 구경거리가 아닐 수 없었다.

"아— 오늘 밤에, 아— 오늘 밤에 활동사진은 쌍권총을 든 사나이, 아— 쌍권총을 든 사나이. 많이 구경하로 오이소! 많이많이 구경하로 오이소!"

그러고는 쑥스러운 듯 얼른 메가폰을 입에서 떼어 버리는 것이었다. 그럴라치면 이번에는 아이들이 제가끔 목소리를 돋우어,

"아— 오늘 밤에는 쌍권총을 든 사나이."

"아— 쌍권총을 든 사나이, 구경하로 오이소."

"아— 오늘 밤에 많이많이 구경하로 오이소."

하고 떠들어 댔다.

동길이는 공연히 즐거웠고, 가슴이 울렁거렸다. 우뚝 멈추어 서서 우선 광고판의 그림부터 바라보았다.

시꺼먼 안경을 낀 코쟁이가 큼직한 권총을 두 자루 양쪽 손

---

메가폰(megaphone) 음성이 멀리까지 들리게 하기 위하여 입에 대고 말하는 기구. 확성기.
활동사진(活動寫眞) '영화'의 옛 용어. 움직이는 사진이라는 뜻으로, 무성 영화와 같은 초기 영화를 가리키는 말로도 쓰인다.
무성 영화(無聲映畵) 인물의 대사, 음향 효과 등의 소리가 없이 영상만으로 된 영화.
제가끔 제각기. 저마다 따로따로.
코쟁이 코가 크다는 뜻에서 서양 사람을 놀림조로 이르는 말.

에 들고 있는 그림이었다. 노란 머리카락과 새파란 눈깔을 가진 여자도 하나 윗도리를 거의 벗은 것처럼 하고 권총을 든 사나이 등 뒤에 납작 붙어 있었다. 괴상한 그림이었다.

"아— 쌍권총을 든 사나이, 아— 오늘 밤에 활동사진은 쌍권총을 든 사나이, 많이 구경 오이소! 많이많이 구경 오이소!"

그리고 메가폰을 입에서 뗀 그 희한한 사람의 시선이 동길이의 시선과 마주쳤다.

순간 동길이의 가슴이 철렁 내려앉고 말았다. 뒤통수를 야물게 한 대 얻어맞은 것 같았다. 그리고 눈물이 핑 돌았다. 어처구니가 없었다.

그 희한한 사람이 바로 아버지였던 것이다.

아버지는 동길이와 눈이 마주치자 약간 멋쩍은 듯했다. 그러고는 얼른 시선을 돌려 버리는 것이었다. 동길이는 코끝이 매워오며 뿌우옇게 눈앞이 흐려져 갔다.

아이들은 더욱 신명이 나서 떠들어 댄다.

"아— 오늘 밤에는 쌍권총입니다."

"아— 쌍권총을 든 사나이 재미가 있습니다."

이런 소리에 섞여 분명히,

"동길아! 느그 아부지다. 느그 아부지 참 멋쟁이다."

---

멋쩍다 어색하고 쑥스럽다.

SALTZMAN
BIANCHI
HARWOOD
JOHN BARRY

하는 소리가 동길이의 귓전을 때렸다. 용돌이란 놈의 목소리에 틀림없었다.

동길이는 온몸의 피가 얼굴로 치솟는 듯했다. 주먹으로 아무렇게나 눈물을 뿌리쳤다. 뿌우옇던 눈앞이 확 트이며 얼른 눈에 들어온 것은 소리를 지른 용돌이가 아닌 창식이란 놈이었다. 요놈이 나무 꼬챙이를 가지고 아버지의 수염을 곧장 건드리면서,

"진짜 앙이다야[아니다야], 종이로 만든 기다."

하고 켈켈 웃어 쌓는 것이었다.

동길이는 가슴속에 불이 확 붙는 것 같았다. 순간 동길이의 눈은 매섭게 빛났다. 이미 물불을 가릴 계제가 아니었다. 살쾡이처럼 내달을 따름이었다.

"으악!"

비명 소리와 함께 길바닥에 나가떨어진 것은 물론 창식이었다. 개구리처럼 뻗었다. 그러나 동길이는 그 위에 덮쳐서 사정없이 마구 깔고 문댔다.

"아이크, 아야야야…… 캥!"

창식이의 얼굴은 떡이 되는 판이었다.

아이들은 덩달아서 와—와— 소리를 지르며 떠들어 댔다.

동길이 아버지는 두 눈이 휘둥그레지며 손에서 메가폰을 떨어뜨렸다. 어찌 된 영문인지 알 수가 없었다. 창식이는 이제 소

계제(階梯) 어떤 일을 할 수 있게 된 형편이나 기회.

리도 제대로 지르지 못하고 윽! 윽! 넘어가고 있었다.

"와 이카노? 와 이카노? 잉? 와 이캐?"

후닥닥 광고판을 벗겨 던졌다. 그리고 하나 남은 손을 대구 내저으며 어쩔 줄을 몰라 했다. 턱에 붙었던 수염의 실밥이 떨어져서 흰 종이수염이 가슴 앞에 매달려 너풀너풀 춤을 춘다.

"이누무 자식이 미쳤나, 왜 이카노, 와 이캐 잉?"

■ 「사상계」(1959. 10) ; 『하근찬 선집』(현대문학, 2011)

# ●등장인물 들여다보기

## 동길이

동길이는 6 · 25 전쟁으로 인해 아버지가 징용을 당해 경제적으로 매우 곤궁해진 집안의 소년입니다. 사친회비를 내지 않았다고 책보를 압수당하고 교실에서 쫓겨나기까지 하지요. 그런 동길이에게 아버지는 희망을 가져다줄 절대적인 존재입니다. 그래서 동길이는 기차만 보면 아버지를 떠올리며 기대어 부풀어 아버지가 빨리 돌아왔으면 좋겠다고 생각합니다.

그러던 어느 날, 그렇게 기다리던 아버지가 돌아왔습니다. 아버지의 모습을 살펴보던 동길이는 아버지의 한쪽 소맷부리에 팔이 하나 없다는 것을 확인하고는 어머니를 향해 "아부지 팔 하나 없다."라고 소리를 칩니다. 그만큼 동길이는 아직 물정 모르는 어린 소년이지요. 하지만 팍팍한 현실은 철이 안 든 동길이에게도 아버지의 부상이 얼마나 심각한 일인지 깨닫게 해 줍니다. 동길이는 아버지가 오른쪽 팔을 잃은 까닭에 가족을 먹여 살리는 일이 더욱 어려워졌다는 것을 어렴풋이 느끼게 됩니다. 천진난만한 소년에서 점점 고달픈 현실을 조금씩 알아가는 소년으로 성장해 가는 것이지요. 그러한 현실은 아버지가 흰 종이수염을 붙이고 광고판을 둘러메는 극장의 선전부원 일을 하면서 더욱 극대화됩니다.

동길이는 아버지가 한쪽 팔을 잃었다는 현실 때문에 속으로 기가 죽어 있어요. 그런데 철없는 친구들은 아버지를 외팔뚝이라고 놀려 대기만 합니다. 그리고 아버지가 극장의 선전부원 일을 하는 모습을 보고는 아버지를 멋쟁이라고 부르기도 하고 아버지의 수염을 건드리면서 놀리기도 합니다. 결국 동길이는 이성을 잃고 친구인 창식이에게 주먹질을 하게 됩니다. 동길이의 이러한 행동은 아버지에 대한 애정의 표현이기도 하면서, 아버지의 불행을 놀림감으로 삼는 현실에 대해 울분을 터뜨리는 어린아이다운 그의 성격을 잘 나타내고 있어요.

### 동길이 아버지

동길이 아버지는 전쟁이 나기 전에는 목공소에서 일을 하던 목수였습니다. 덕분에 동길이네는 가난하지만 그럭저럭 살아갈 수 있었지요. 하지만 그는 전쟁터에 노무자로 끌려갔다가 오른팔을 잃고 집에 돌아옵니다. 작품에서는 어떤 경위로 팔을 잃었는지 나오지 않지만, 아마도 그는 목숨이 왔다 갔다 하는 참혹한 경험을 했을 거예요.

오른쪽 팔이 없는 그는 더 이상 목수 일을 할 수 없습니다. 그래도 가족을 먹여 살리려면 일을 하지 않을 수 없기에 그는 예전에 일하던 목공소 주인이 소개해 준 극장에 취직을 하게 됩니다. "팔뚝을 한 개 나라에 바친 그 덕택"에 극장 선전부원 자리를 얻게 된 것이지요. 그런데 그가 맡은 일은 등과 배 쪽에 광고판을 매단 채, 얼굴에는 흰 종이수염을 붙이는 우스꽝스러운 분장을 하고는 거리를 돌아다니면서 영화를 홍보하는 것이었습니다.

그는 이런 모습으로 길거리에서 영화를 홍보하다 동길이와 마주쳤을 때 어색한 듯 시선을 피합니다. 자식 앞에서 우스꽝스러운 모습으로 선전 문구를 외치는 일이 부끄러웠겠지요.

이렇게 보면 육체의 손상을 입은 동길이 아버지는 6 · 25 전쟁이라는 비극적 역사를 한 몸에 짊어진 존재라고 할 수 있습니다. 하지만 자신이 처한 불행에 분노하거나 절망하기보다는 자신이 감당해야 할 비극적인 운명을 묵묵히 받아들인다는 점에서 긍정적인 성격의 소유자라고 볼 수 있습니다. 오로지 식솔을 부양하기 위해 열심히 일하는 의연한 아버지의 모습을 보여 주는 것이지요.

하지만 가장의 의무에 충실하고자 노력하는 동길이 아버지에게서 상처 입은 사람의 나약한 모습도 엿볼 수 있답니다. 술에 잔뜩 취해서 극장에 취직이 되었다고 아들에게 큰소리를 치고 나서는 방에 들어가 훌쩍훌쩍 흐느끼는 모습, 길거리에서 우스꽝스러운 분장을 하고 동길이와 마주쳤을 때 멋쩍은 듯 시선을 돌려 버리는 모습, 그리고 친구 창식이에게 정신없이 주먹질을 해대는 아들의 행동에 어쩔 줄 몰라 하며 "이누무 자식이 미쳤나, 왜 이카노, 와 이캐 잉?" 하며 말리는 모습 등은 동길이 아버지가 현실 속에서 느끼는 절망, 서글픔, 혼란스러운 감정 등을 드러내고 있어요.

## ● 작품 Q&A

### "선생님, 궁금해요!"

**Q 이 작품에는 6 · 25 전쟁 직후의 시대적 배경이 잘 드러나 있는데요, 그런 역사적 현실을 다룬 이 작품의 특징이 있다면 무엇일까요?**

A 이 작품에는 한국 현대사의 굴곡과 그로 인한 민중의 수난이 그려지고 있습니다. 특히 동족상잔의 비극인 6 · 25 전쟁은 힘이 없고 가난한 민중을 직접적인 희생자로 만들었는데요, 노무자로 징용을 갔다가 오른팔을 잃고 돌아온 동길이 아버지는 물론, 그로 인해 놀림과 굴욕감을 느껴야 했던 동길이 역시 전쟁으로 인한 가난과 수모와 같은 물질적인 고통뿐만 아니라 정신적인 고통을 동시에 받아야 했습니다. 동길이와 친구들이 집에 밥이 없어 점심도 제대로 못 먹고 배고픔에 시달리는 것이나, 사친회비를 못 내서 교실에서 쫓겨난 것을 보면 경제적으로 어려웠다는 것을 금방 알 수 있지요.

전쟁은 잠정적으로 휴전이 되었지만, 전쟁으로 인한 인명과 재산의 피해는 어마어마한 것이었지요. 이 작품에서는 한 소년의 눈을 통해 6 · 25 전쟁 이후의 황폐한 삶을 잘 드러내고 있는데, 그렇다고 해서 그것을 심각하고 비통하게 그리고 있지만은 않아요. 신체장애자가 되어 돌아온 동길이 아버지가 인간 광고판이 되어 거리에 나선다는 중심 설정은 슬프면서도 어딘가 희극적인 느낌을 주지 않나요?

현실은 무겁기만 한 것도 아니고 가볍기만 한 것도 아니지요. 아주 복합적이고 혼란스러워서 갈피를 잡기 어렵곤 하지요.

예를 들어 동길이 아버지가 거리에서 영화를 선전하는 장면을 떠올려 볼까요? 그 영화가 '시꺼먼 안경(선글라스)을 낀 코쟁이'가 큼직한 권총을 두 자루 손에 든 '쌍권총을 든 사나이'라는 점에서 6 · 25 전쟁 직후에 미국의 서부 영화가 농촌까지 파고 들어왔다는 것을 알 수 있어요. 동길이는 인간 광고판이 아버지라는 것을 몰랐을 때에는 서부 영화 선전에 공연히 즐겁고 가슴이 울렁거려 광고판의 그림부터 바라보았지요. 하지만 그것을 홍보하는 사람이 바로 아버지라는 것을 알게 되고 친구들도 아버지의 존재를 알아봤을 때에는 부끄러움과 굴욕감에 화가 나 온몸의 피가 얼굴로 치솟는 듯합니다.

동길이가 느끼는 이 감정은 바로 6 · 25 전쟁으로 인해 우리 민족이 겪어야 했던 수난과 다르지 않겠지요. 그것은 말할 수 없이 비통하고 울분에 찬 감정이겠지만, 동길이 부자의 행동과 감정 덕분에 독자들은 좀 더 진솔하고 무겁지 않게 시대적 배경에 다가갈 수 있는 것입니다.

**Q 용돌이는 극장 선전부원의 모습을 한 동길이 아버지를 멋쟁이라고 하는데, 왜 동길이는 피가 거꾸로 솟아서 창식이한테 주먹을 마구 휘둘렀을까요?**

**A** 용돌이는 자기 아버지가 우스꽝스러운 분장을 하고 '쌍권총

을 든 사나이'를 외치며 거리를 돌아다녔다고 해도, 과연 '멋쟁이'라고 했을까요? 아마도 동길이가 화를 낸 이유 중에는 남의 일을 자기 멋대로 받아들이는 것에 대한 반감도 있을 것 같아요. 하지만 더욱 중요한 것은 동길이가 돈을 벌기 위해 거리로 나선 아버지를 가엾게 여겼다는 점이겠지요. 마을 사람들에게 마치 놀림감이 되어 버린 듯한 아버지의 모습이 어린 마음에도 안쓰럽게 느껴졌을 것입니다.

사실 우리는 직업에 귀천이 없다고 하는데 동길이는 아직 그런 사정을 이해할 만큼 철이 들지 않았던 것 같아요(또는 현실적으로 직업에는 귀천이 있는 것처럼 느꼈기 때문일지도 모르지요). 광고판을 매달고 고깔을 쓴 데다가 흰 종이수염까지 매단 아버지의 모습은 동길이에게 낯설고 부끄러운 일이었을 것입니다. 오늘날에는 개업 날 가게 앞에서 동물 모양의 옷을 입거나 별난 차림으로 춤을 추는 일이 비일비재하니까 거리에서 선전하는 상업적인 퍼포먼스가 그리 이상하지 않을지 모릅니다. 하지만 그런 일이 별로 없었던 시절에 인간 광고판이란 체면을 해치는 창피한 일로 여겨졌어요. 그것도 집안에서 가장 권위 있는 가장(家長)이 길거리에서 체면 불구하고 얼굴에 칠을 하고 인간 광고판 노릇을 한다는 것은 더욱 수치스럽게 느껴졌겠지요.

아마도 동길이는 이러한 사회적 분위기를 무의식적으로 느끼고 있었기 때문에 당시에는 유별난 직업이었던 극장의 선전부원 일에 거부감을 느꼈을 거예요. 그래서 용길이는 별 악의 없이 "느그 아부지 참 멋쟁이다."라고 했겠지만, 당사자인 동길이는 그 말을 참을 수 없었던 것입니다. 그런데 동길이가 주먹을 날린 대상은 용길이가 아니라 창식이었지요. 창식이가 화풀이의 대상이 된 이유는 물론 그 애가 나무 꼬챙이로 흰 종이수염을 건드리면서 직접적으로 아버지를 놀려 댔기 때문이지만, 사실 그렇게 된 데는 좀 더 묵은 응어리가 있어요. 아버지가 팔을 잃은 것을 알게 된 창식이가 학교 친구들에게 소문을 내는 바람에 동길이와 동길이 아버지가 아이들의 놀림감이 되어 버렸기 때문이지요. 그래서 피가 거꾸로 솟은 동길이는 야무진 주먹을 휘둘러 창식이를 흠씬 때려 준 것입니다.

**Q 마지막 장면에서 너풀거리는 흰 종이수염을 떠올리면 웃음이 나와요. 하지만 결말 부분이 답답한 느낌을 주기도 하는데요, 이 작품의 이러한 느낌을 어떻게 이해하면 좋을까요? 또 작품의 제목인 '흰 종이수염'은 어떤 의미를 갖는 건가요?**

**A** 동길이는 아버지가 집에 돌아오기만 하면 사친회비를 못 냈다고 책보를 빼앗기고 교실에서 쫓겨난 자신의 문제를 해결해 주리라고 생각합니다. 그만큼 동길이에게 아버지는 믿음직스럽고 희망을 주는 존재입니다. 그런데 아버지가 오른팔을 잃고 돌아오자 동길이의 그러한 기대와 희망은 꺾이게 됩니다. 불구가 된 아버지의 모습은 예전만큼 가장의 역할을 제대로 할 수 없게 되었다는 현실을 말해 주니까요.

현실의 고통과 어려움은 이 작품에 전반적으로 어두운 분위기를 조성합니다. 물론 이 작품 곳곳에는 철없는 아이들의 행동이나 종이로 만든 수염이 너풀거리는 등 웃음을 유발하는 요소들도 담겨 있어요. 아마도 아무리 심각한 비극적 사태일지라도 웃음으로 극복해 내고자 하는 작가의 의도가 반영된 것이 아닌가 합니다. 하지만 그것만으로 전쟁 직후의 암울한 상황을 타개해 나갈 수 있는 밝은 희망과 힘찬 기운을 느끼기는 어렵습니다.

다만, 동길이 아버지가 절망감에 술로 세월을 보내는 것이 아니라 가족의 생계를 위해 창피함을 무릅쓰고 종이를 사 와서 흰 종이 수염을 만들어 달고 거리로 나서는 모습에서 현실 극복의 의지를 느낄 수 있어요. 또한 아버지가 놀림감이 되어 버린 현실에 화를 내는 동길이의 감정에서 아버지에 대한 따뜻한 연민도 느껴지고요. 그래서 동길이가 마구 주먹질을 하는 장면으로 끝나 버리는 결말에서는 좀 답답한 느낌을 받기도 하지만, 자그마한 희망의 싹도 느낄 수 있는 것입니다.

이렇게 볼 때, 앞서 나온 불구가 된 아버지가 아들 동길이의 도움을 받아 가며 흰 종이수염을 만드는 모습은 우리 민족의 비극적 체험, 즉 역사적 시련을 극복하고자 하는 노력이라 할 수 있으며, 이는 이 작품 전체의 주제를 상징한다고 볼 수 있습니다.

**Q 아버지와 아들이 등장한다는 점에서 이 작품은 〈수난이대〉와 비슷한 느낌이 들기도 하는데요, 두 작품을 비교해 본다면 어떤 다른 점이 있을까요?**

**A** 〈수난이대〉는 식민지 시대에서 6·25 전쟁이 끝난 후까지 아버지와 아들 세대에 걸친 민족의 수난을 이야기한 작품입니다. 이

에 비해 〈흰 종이수염〉은 6 · 25 전쟁을 겪은 아버지 한 세대의 수난만을 다루고 있지요.

또한 〈수난이대〉는 한쪽 팔을 잃은 아버지와 한쪽 다리를 잃은 아들이 모두 수난의 희생자로 설정되어 있는 반면, 〈흰 종이수염〉에서 불구가 되는 것은 아버지뿐입니다. 다만, 어린 아들이 불구로 돌아온 아버지로 인해 마음의 상처를 받는다는 점에서는 〈흰 종이수염〉도 두 세대에 걸친 민족 수난의 양상을 보여 준다고 할 수 있습니다.

마지막으로, 〈수난이대〉는 몸이 성치 못한 아버지와 아들이 서로 힘을 합쳐 현실을 극복해 나가고자 하는 의지와 긍정성을 보여 주는 데 초점이 놓여 있습니다. 한편, 〈흰 종이수염〉은 어른들이 초래한 공동체의 수난으로 인해 어린 소년이 희생을 감수해야 하는 현실의 불합리성을 보여 줍니다. 하지만 그 현실은 철모르는 순진한 아이의 눈을 통해 드러나고 있기 때문에 유머스러운 느낌을 줍니다.

## ⚜ 더 읽어 봅시다 ⚜

**일제 강점기와 6 · 25 전쟁을 겪어야만 했던 민족사의 비극을 다룬 작품**

**김원일, 〈마당 깊은 집〉** _6 · 25 전쟁이 끝난 1950년대 초, 대구의 '마당 깊은 집'에 모여 살게 된 여섯 가구 스물두 명의 인물들에 얽힌 사건을 어린 소년 길남의 눈을 통해 서술한 작품이다. 중심이 되는 서사는 그들이 모여 살던 마당 깊은 집을 집 주인이 헐어 버린다는 결말로 맺어지지만, 작품은 마당 깊은 집 구성원들의 이야기와 그들이 그 집을 통해 서로를 마주하며 발생하는 일을 치밀하게 연결하는 방식으로 구성되어 있다. 작가는 이러한 구성을 통해 전쟁 이후의 현실과 분단의 멍에를 사실적으로 그려 내고 있다.

**권정생, 〈몽실 언니〉** _작품의 주인공인 몽실이는 어린 나이에 부모를 모두 잃고 혼자 힘으로 배다른 동생을 키우며, 전쟁으로 폐허가 된 사회 속에서 꿋꿋하게 살아간다. 이 작품은 몽실이라는 주인공의 삶을 통해 전쟁과 함께 이루어진 우리 사회의 급격한 변화와 그로 인한 고통스러운 세월을 가감없이 보여 주고 있다.

# 나룻배 이야기

큰 강이 앞에 놓인 어느 한적한 마을에 살던 용팔이, 두칠이, 천달이, 세 동무는 군인으로 징집되어 집을 떠나게 됩니다. 가족들은 남편이며 아들을 전쟁터에 보내기 싫었지만, 민족의 수난인 전쟁을 피할 길은 없었지요. 시간이 흘러 두칠이는 흉측한 몰골로 돌아오고, 천달이는 유골로 돌아왔으며, 용팔이에게선 아무 소식이 없습니다. 그러던 어느 날 나룻배 사공 삼바우 영감은 마을로 들어오려는 어떤 사람들을 보자 나룻배에 태워 주지 않으려고 도망을 갑니다. 삼바우 영감은 왜 그런 엉뚱한 행동을 했을까요?

마을 앞으로 강물이 흐르고 있다. 폭이 넓고 물이 깊은 이 강은 여간한 홍수, 한발이 아니고는 흐리다거나 줄어드는 일이 없었다. 노상 청정한 물이 우쭐렁우쭐렁 넘쳐흐르는 것이다.

마을 뒤는 산이었다. 산이라기보다도 구릉이라고 할까. 도토리나무가 드문드문 서 있는 언덕이다. 초가가 스물아홉 채, 기와집이 두 채, 그러나 마을은 늘 고요하기만 했다. 밤이면 더욱 그러했다. 강가에 매 놓은 나룻배의 뱃전을 때리는 물결 소리와 뒤 언덕 도토리나무 위를 불어 가는 바람 소리가 있을 뿐이었다. 초저녁 닭이라도 운다든지, 혹은 먼 밤하늘을 향해서 컹컹 개라도 짖는다면, 그것은 참 대견한 일이 아닐 수 없었다. 이렇듯 한적하기만 한 마을에 별안간 무슨 일이 생겼는지, 어제 오

---

한발(旱魃) 심한 가뭄.
노상 언제나 변함없이 한 모양으로 줄곧.
구릉(丘陵) 언덕. 땅이 비탈지고 조금 높은 곳.

늘 이틀 밤을 노랫소리가 끊이지 않는다. 오늘은 해가 있을 적부터 시작이더니 이렇게 달이 중천에 왔는데도 상기 그칠 생각을 않는다. 그치기는커녕 양산도야 도라지야 하던 것이, 문둥이 장타령을 치르고 이제 칭칭이로 옮아 붙는 판이다.

나룻배 사공 삼바우(三岩)네 집 마당에서였다. 동네 젊은 사내들은 거의 다 모여 있었다. 마당 한가운데 서서 칭칭이를 메기는 것은 두칠(斗七)이었다. 굵은 목덜미에 발끈발끈 핏대가 설라치면 밤하늘이 쩌렁쩌렁 울려 나간다. 그 어기차고 익살스러운 사사조의 사설이 끊일 때마다 후렴꾼들은 얼른 받아서 칭칭이를 부르며 제멋에 겨워 돌아가는 것이다.

하늘에는 별도 많고 치이나 칭칭 나아네
읍내에는 갈보도 많다 치이나 칭칭 나아네
…….

---

중천(中天) 하늘의 한가운데.
상기 '아직'의 사투리.
양산도(陽山道) 경기 민요의 하나. 세마치장단에 맞추어 여러 사람이 둘러서서 서로 주고받으며 부르는 삼박자의 흥겨운 노래.
장타령(場--) 구전 민요의 하나. 동냥하는 사람이 장 등을 돌아다니며 구걸할 때 부르는 노래.
칭칭이 경상도 민요인 '쾌지나 칭칭 나네'를 가리킨다.
메기다 두 편이 노래를 주고받고 할 때 한편이 먼저 부르다.
어기차다 한번 마음먹은 뜻을 굽히지 아니하고, 성질이 매우 굳세다.
사사조(四四調) 음수율의 하나로, 네 음절을 가진 한 쌍이 하나의 시구를 이루는 것.
사설(辭說) 늘어놓는 말이나 이야기.
후렴꾼(後斂-) 노래 곡조 끝에 붙여 같은 가락으로 되풀이하는 부분을 부르는 사람들.
겹다 감정이나 정서가 거세게 일어나 누를 수 없다.
갈보 남자들에게 몸을 파는 여자를 속되게 이르는 말.

그 가운데 유난히 머리를 흔들고 팔을 내젓고 해 쌓는 것은 삼바우 아들 용팔(龍八)이었다. 말하자면, 작은 사공인 것이다. 어찌나 소리를 내지르는지 카랑카랑 목이 쉬어 간다. 그리고 남들 머리 위로 완연히 얼굴 하나가 더 솟아오른 천달(千達)이는 곧장 비실거리며 돌아가고 있다. 남달리 큰 키가 유달리 취했나 보다.

천달이야 키다리야 치이나 칭칭 나아네
용팔이야 똥팔이야 치이나 칭칭 나아네
인제 가면 언제 올꼬 치이나 칭칭 나아네
살아 올똥 죽어 올똥 치이나 칭칭 나아네
…….

하늘에는 커다란 달무리가 하나 그려져 있다.

방 안 호롱불 밑에서 내일 신고 갈 오빠의 양말을 꿰매고 있던 갑분(甲粉)이는 가만히 한숨을 쉬며 바늘을 놓았다. 두칠이의 목소리가 가슴에 물결을 일게 하여 견딜 수가 없었던 것이다. 울고 싶었다. 이 봄 들어 열여덟, 까닭도 없이 때때로 마음

---

완연히(宛然-) 눈에 보이는 것처럼 아주 뚜렷하게.
달무리 달 언저리에 둥그렇게 생기는 구름 같은 허연 테.
호롱불 호롱에 켠 불.
　호롱 석유를 담아 불을 켜는 데에 쓰는 그릇.

을 건잡을 수 없는 그녀는 그만 툭툭 털고 일어섰다. 아버지 삼바우는 아랫배까지 드러내 놓은 채 큰대 자로 나자빠져서 코를 골고 있다. 드릉드릉 코가 울릴 적마다 벌건 뱃가죽이 펄럭거리고, 거기 어린애 주먹만 한 배꼽이 붙어서 오르락내리락한다. 입에서는 술 냄새가 훅훅 풍기었다. 갑분이는 낯을 붉히며 얼른 이불을 내려 아버지의 배꼽을 덮어 주었다. 그리고 부엌으로 통하는 샛문을 열고 어둠 속으로 살그머니 내려섰다.

두칠이의 사설은 차츰 구슬프게 흘러나왔다. 이마에는 땀방울이 맺혀 반짝거린다. 천달이는 맥이 풀린 도깨비처럼 비실비실 한쪽으로 물러 나왔으나, 용팔이만은 아직도 소리소리 지르며 후렴꾼들에게 묻혀 돌아가고 있다.

천달이는 장가들어 치이나 칭칭 나아네
총각 신세 면했지만 치이나 칭칭 나아네
똥팔이야 너와 나는 치이나 칭칭 나아네
장가 한 번 못 가 보고 치이나 칭칭 나아네
…….

부엌문에 몸을 숨기고 서서 갑분이는 두칠이를 향해 곧장 안

큰대 자(-大字) 한자 '大' 자와 같이 사람이 팔과 다리를 활짝 벌려서 쭉 편 채로 누워 있는 모양을 비유적으로 이르는 말.
샛문(-門) 정문 외에 따로 드나들도록 만든 작은 문.

타까운 시선을 던졌다. 그런 줄도 모르고 두칠이는 꽥꽥 소리만 대구 질러 댄다. 오금이 바짝 달아오른 갑분이는 앞니를 뽀도독 깨물며 문짝을 살며시 떠밀었다. 삐그그그 문이 울었다. 그러나 힐끗 이쪽을 돌아본 것은 두칠이가 아니라 오빠 용팔이었다. 지랄이었다. 갑분이는 얼른 얼굴을 감추었다. 어둠 속에서도 낯이 화끈 달아오른다.

"바보 자식 같으니……."

쫓아 나가서 두칠이를 막 꼬집어 주고 싶었다. 견딜 수가 없었다. 아랫입술을 질끈 씹으며 갑분이는 쓰러지듯 벽에 얼굴을 묻었다. 그리고 그녀는 가볍게 어깨를 들먹거리며 훌쩍훌쩍 느끼기 시작했다.

칭칭이는 애절한 여음을 남기며 밤하늘로 사라져 간다.

전쟁이란 웬 말이냐 치이나 칭칭 나아네
젊은 청춘이 원통하다 치이나 칭칭 나아네
…….

달이 떨어져 갔다. 강물이 희뿌옇게 밝아 오르기 시작했다.

---

대구 '대고'의 사투리. 무리하게 자꾸. 또는 계속하여 자꾸.
오금 무릎의 구부러지는 오목한 안쪽 부분.
느끼다 서럽거나 감격에 겨워 울다.
여음(餘音) 소리가 그치거나 거의 사라진 뒤에도 아직 남아 있는 음향.

봄이긴 하지만 새벽바람은 아직 싸늘하다. 삼바우는 고의춤을 추켜올리며 나루터로 내려섰다. 용팔이와 갑분이가 뒤를 따랐다. 용팔이는 눈을 비비며 곧장 하품이었고, 오빠의 보따리를 든 갑분이는 오스스 떨리어 목을 움츠렸다. 물결이 와서 나룻배의 뱃전을 찰싹찰싹 씻어 쌓는다. 아직 아무도 나와 있지 않았다. 좀 일렀던 것인가. 삼바우는 코를 풀어 던졌다.

얼마 후, 두칠이가 그의 어머니를 부축하고 비탈길을 내려왔다. 갑분이는 얼른 옷섶을 여몄다. 두칠이는 머리에 수건을 질끈 동여매었고, 조그마한 보따리를 옆구리에 발끈 차고 있다. 가뜬한 차림이었다. 그러나 간밤의 놀이가 너무 겨웠던지 몸이 무거워 보인다. 아들에게 부축되어 겨우 발을 떼 놓는 모량댁이는 목에서 곧장 가래가 끓었다.

"모량댁이도 참 뭐 할라고 여기까지 나오는게? 아픈 사람이 ……."

삼바우는 그들 모자에게로 다가가며 벌쭉 웃는다. 모량댁이는 곧 자지러질 듯이,

"이 양반아, 아이고 이 일을 우짜능교? 우짬 좋응교? 앙이?"

"우짜긴 뭘 우짜능게. 전장에 나간다고 사람이 어디 간대로

---

고의춤 고의나 바지의 허리를 접어서 여민 사이.
  고의 남자의 여름 홑바지.
옷섶 저고리나 두루마기 등의 깃 아래쪽에 달린 길쭉한 헝겊.
겹다 정도나 양이 지나쳐 참거나 견뎌 내기 어렵다.
자지러지다 사람이 기운이 다하여 기절하듯이 쓰러지다.

다 죽능교. 그카지 마소. 다 잘 돌아올 끼구마."

"후유 — 내사 몬 살겠다."

캑캑 가래를 추스르며 눈물을 짠다. 두 눈자위가 움쭉 꺼진 것이 마치 인대구리 같다.

"어매는 백제 또 야단이네, 내 참!"

두칠이도 콧마루가 찡했다. 그러나 갑분이의 감정이 고인 나긋한 두 눈과 마주치자 야릇한 기운이 온몸을 흘렀다. 후끈하였다. 가만히 서 있을 수가 없었다.

"이 자식 천달인 와 아직 안 나오노?"

훌쩍 둑으로 뛰어 올라가서 마을을 향해 냅다 고래고함을 지른다.

"천달아! 이누묵 자식, 시간 없다!"

온 새벽이 쩌렁 울린다. 삼바우는 히들히들 웃으며 고개를 끄덕인다. '사내 녀석은 꼭 됐어구마.'

천달이 일행은 세 사람이었다. 마누라 순녀(順女)와 아버지 양생원. 그리고 누렁이란 놈이 꼬리를 치며 앞장서 나왔다. 천달이는 간밤에 술이 과했던 데다가 잠자리마저 곱게 하지 못한 탓인지 두 눈에 벌건 핏발이 서 있었고 순녀 역시 눈두덩이 보숭

---

인대구리 '대가리'의 사투리. 여기에서는 문맥상 '해골'의 뜻으로 쓰임.
백제 '괜히'의 사투리.
고래고함(--高喊) 목소리를 한껏 높여 시끄럽게 외치거나 부르짖으며 지르는 고함.
히들히들 입을 볼썽사납게 벌리며 웃음을 참지 못하고 자꾸 싱겁게 웃는 소리. 또는 그 모양.
생원(生員) 예전에, 나이 많은 선비를 대접하여 이르던 말.

보승 부어올랐다. 시집온 지 다섯 달, 그러나 그녀는 벌써 가벼운 몸이 아니었다. 얼른 봐도 아랫배가 눈에 띄었다. 지난밤, 남편의 손이 와서 배를 슬슬 어루만지며 아무쪼록 힘에 겨운 일은 하지 말고 몸을 조심히 가져야 된다고 했을 때 그녀는 그만 흑흑 베갯머리를 적셨던 것이다. 기둥처럼 믿고 사는 외동아들을 군대에 빼앗기게 된 양 생원의 괴로운 눈언저리에도 괴죄죄 물기가 묻어 있었다. 그러나 머리 위에 갓만은 언제나처럼 단정히 얹혀 있다.

"새댁이도 읍내까지 같이 가능교?"

삼바우의 묻는 말에 양 생원은 음— 하고 무겁게 고개를 끄덕였다. 삼바우는 좋아서 벙실 웃는다.

"자아, 어서들 올라타라. 시간 늦을라. 양 생원, 자아, 어서 오르시소."

갑분이와 모랑댁이만 남고 차례차례 배에 오른다. 삼바우는 닻줄을 풀었다.

배가 미끄러지기 시작하자, 물 위에 비친 희뿌연 새벽하늘이 뱃머리에서 양쪽으로 갈라지며 곱게 부서진다. 나루터가 차츰 멀어져 간다. 모랑댁이와 갑분이는 넋을 잃은 사람처럼 멀뚱히 서서 이쪽을 바라보고 있다. 누렁이란 놈은 연신 꼬리를 흔들며 물기슭을 쏘댄다.

쏘대다 '쏘다니다'를 속되게 이르는 말. 아무 데나 마구 분주하게 돌아다니다.

점점 작아져 가는 어머니와 갑분이의 모습을 하염없이 바라보고 있던 두칠이는 별안간 아흐— 하고 소리를 질렀다. 어둡고 무거운 것이 마음을 짓눌렀던 것인가? 혹은 야릇한 불길이 다시 가슴을 태웠던 것인가? 그는 불끈 주먹을 쥐고 뱃전을 쾅! 뚜들겼다. 그리고 울부짖듯 노래를 부르기 시작했다.

무명지 깨물어서 붉은 피를 흘려서
…….

마치 발작을 하는 사람 같았다. 모두 놀란 얼굴로 두칠이를 바라본다. 순녀는 휘둥그레진 두 눈을 얼른 내리감고 외면을 했다. 용팔이는 킥 웃더니 신이 나는 듯 한쪽 손을 휘휘 내저으며 두칠이의 노래에 휩쓸려 든다. 천달이도 병신스럽게 웅크리고 앉아 있을 수만은 없었는지 고개를 끄덕이며 입을 달싹거렸다. 아버지와 마누라가 있어서 좀 멋쩍기는 했지마는.

태극기 그려 놓고 천세 만세 부르자.
한 글자 쓰는 사이 두 글자 쓰는 사이
…….

---

무명지(無名指) 약손가락. 가운뎃손가락과 새끼손가락 사이에 있는 손가락.
멋쩍다 어색하고 쑥스럽다.

뱃전을 두들기고, 발로 밑바닥을 구르고 하는 바람에 배가 사뭇 기우뚱거렸다. 온 강변이 요란하였다.

그러나 그들은 모두 우는 상판이었다.

삼바우네들이 읍내에 도착한 것은 해가 높이 떠올랐을 무렵이었다. 집합 장소인 국민학교 운동장에는 소집된 장정들이 모여 우글거리고 있었다. 장정 이외의 사람들은 일체 출입이 금지되어 있었다. 총을 둘러멘 군인들이 울타리에 총총히 붙어 서 있는 것이었다. 삼바우네들도 교문 앞에서 헤어지는 수밖에 없었다.

"어딜 가든동 서이 꼭 손을 잡고 댕기래이. 떨어지지 말고, 잉?"

삼바우는 마지막 이렇게 당부했고, 양 생원은,

"조심들 해라, 부디."

'부디'에 힘을 주고는 무거운 숨을 내쉬었다. 천달이가 아버지 앞에 공손히 허리를 꺾었을 때 순녀는 돌아서서 옷고름으로 눈구석을 찍어 내고 있었다.

"집하압!"

---

상판(相-) '얼굴'을 속되게 이르는 말.
국민학교(國民學校) '초등학교'의 전 용어.
장정(壯丁) 1. 나이가 젊고 기운이 좋은 남자. 2. 부역이나 군역에 소집된 남자.
부역(賦役) 국가나 공공 단체가 특정한 공익사업을 위하여 보수 없이 국민에게 의무적으로 책임을 지우는 노역.
군역(軍役) 군대에서 복무하는 일.
서이 '셋'을 뜻하는 사투리. 여기에서는 '셋이(셋이서)'의 의미로 쓰임.

호각 소리에 이어 요란한 구령이 떨어졌다. 장정들은 줄줄이 열을 지어 늘어서기 시작했다. 까만 장정의 무더기 속으로 묻혀 들어간 용팔이들을 찾느라고, 삼바우는 울 너머로 곧장 발돋움을 했다. 양 생원과 순녀도 안타까이 두 눈을 깜작거렸다. 장정들의 정렬이 끝나자 유독 큰 키 하나가 눈에 띄었다. 삼바우는 그것을 가리키며,

"저기 있구마, 저기!"

하고 소리쳤다.

"있지요? 보이능게?"

"음—."

허나 양 생원은 별로 신통한 얼굴이 아니었다.

"천달이는 키가 커서 이런 때 좋구마는 우리 용팔이는 암만 봐도 못 찾겠노. 헤 참!"

순녀는 귓바퀴를 살짝 물들이며 웃었다.

긴 하루해가 뉘엿뉘엿 저물어 갈 무렵에야 장정들은 학교 운동장을 떴다. 윗도리를 벌겋게 벗어 들고, 머리에 흰 수건들을 동여맨 장정들이 깍지를 끼고 줄줄이 교문을 쏟아져 나오자 바깥에서 먼눈으로만 바라보고 있던 가족들이 우르르 벌 떼처럼

---

호각(號角) 불어서 소리를 내는 신호용 도구.

허나 '하나'를 구어체에서 좀 예스럽게 이르는 말. 앞 내용과 다른 내용을 말할 때 쓰여 앞뒤 문장을 이어 줌.

신통하다(神通--) 1. 신기할 정도로 묘하다. 2. 별다른 데가 있거나 마음에 들 만큼 마땅하고 좋다. 여기에서는 2의 의미로 쓰임.

몰려들었다.

"용팔아! 어딨노, 앙이? 용팔아! 용팔아!"

술이 꽤나 된 삼바우는 대구 큰 소리로 아들을 불렀고, 눈언저리가 불그레 상기된 양 생원도 천달이를 찾느라고 갓이야 기울어지든 말든이었다. 얼굴에 먼지가 뽀얗게 앉은 순녀도 장정들의 벌건 행렬 속에서 남편을 찾아내려고 헐떡거렸다. 인솔 장교의 요란한 호각 소리, 몰려드는 사람들을 제지하느라고 빽빽 질러 대는 인솔병들의 고함 소리. 서로 부르는 소리. 대답하는 소리. 우는 소리……. 아우성 소리와 먼지를 휘몰고 사람의 사태는 정거장으로 흘렀다.

장정들을 말짱 집어삼킨 시커먼 화물 열차가 냅다 소리를 지르며 덜커덩 움직이기 시작하자 아우성은 절정에 이르렀다. 마치 끓어오르는 도가니 속인 듯했다. 그러나 기차가 멀어져 감에 따라 흥분은 차츰 한숨으로 바뀌어 갔다. 점점 작아져 가는 기차를 멍청하게 바라보고 있던 삼바우는 이제야 생각이 나는 듯 손을 번쩍 높이 쳐들며,

"만세이!"

---

불그레 엷게 불그스름한 모양.

인솔(引率) 여러 사람을 이끌고 감.

사태(沙汰) 1. 산비탈이나 쌓인 눈 등이 비바람이나 충격 등으로 무너져 내려앉는 일. 2. 사람이나 물건이 한꺼번에 많이 쏟아져 나오는 일을 비유적으로 이르는 말. 여기에서는 2의 의미로 쓰임.

말짱 '말끔'의 사투리. 조금도 남김없이 모두 다.

도가니 1. 쇠붙이를 녹이는 그릇. 단단한 흙 등으로 우묵하게 만든다. 2. 흥분이나 감격 등으로 들끓는 상태를 비유적으로 이르는 말. 여기에서는 2의 의미로 쓰임.

하고 고함을 지른다. 그러자 그만 고의춤이 아래로 훑어지면서 그 큰 배꼽이 툭 불거져 나왔다. 당황하지 않을 수 없었다. 만세를 집어치우고 힝 웃었다. 그리고 후다닥 바지를 끌어 올린다. 양 생원은 비뚤어진 갓 따위 아랑곳없이 곧장 신음 소리였고, 순녀는 돌아서서 흐느끼고 있었다. 그녀의 아랫배는 오늘따라 유난히 무거워만 보였다.

세월은 흐른다.

강기슭 넓은 들에 보리가 익어 누렇게 물결치는가 했더니, 어느덧 시퍼런 빛이 온 벌판을 뒤덮었고 뙤약볕이 쏟아져 내렸다. 삼바우는 뙤약볕 속에서도 날마다 배를 저었다.

물에서 퐁당퐁당 멱•을 감는• 아이들이 차츰 드물어지자 햇볕이 엷어지고 여기저기서 새보는• 소리가 일어났다. 마을 뒤 언덕의 도토리나무에 누릇누릇 단풍이 드는 어느 날, 순녀는 생남•을 했다. 양 생원은 손자의 고추를 어루만지며 어찌나 좋은지 이름도 대열(大悅)•이라고 붙였다.

그러나 아들 천달이의 안부를 모르는 양 생원은 절로 한숨이 쉬어졌다. 천달이뿐 아니라 두칠이, 용팔이한테서도 떠나간 이

멱 '미역'의 준말. 냇물이나 강물 또는 바닷물에 들어가 몸을 담그고 씻거나 노는 일.
감다 머리나 몸을 물로 씻다.
새보다 논밭의 곡식이나 멍석에 펴 놓은 곡식에 날아드는 새를 쫓기 위해 지키다.
생남(生男) 득남. 아들을 얻음.
대열(大悅) 크다는 뜻의 '大'와 기쁘다는 뜻의 '悅'로, '큰 기쁨'이란 의미의 이름임.

후로 전혀 소식이 없었다.

도토리가 말짱 떨어지자 하늘에 기러기가 묻어 들었고 희뜩희뜩 눈 잎사귀가 휘날려 왔다. 그리고 동네에 참 슬픈 일이 하나 생겼다. 모랑댁이가 세상을 떠나고 만 것이다. 방 안에 한방 피를 토해 놓고 쓰러지면서도 모랑댁이는 곧장 두칠이를 목메어 불렀다는 것이다. 두칠이의 어린 동생들이 참 불쌍하게 되었다고 갑분이는 누구보다도 정말 가슴 아파했다.

함박눈이 마을을 덮었다. 하루는 또 총을 멘 순경 한 사람과 면 서기에 틀림없는 양복쟁이 하나가 강가에 와서 섰다. 삼바우는 가슴이 덜컥 내려앉았다. 지난봄에 온 일이 있는 그런 사람들이었던 것이다. 그러나 그들을 나룻배에 태우지 않을 수 없었다. 마을에 들어온 그들은 아무개네 집이 어디냐고 떠들어 대면서 눈에 묻힌 골무샅을 거드럭거리고 다녔다. 그런 일이 있은 사흘 후, 또 두 사람의 젊은이가 소리를 지르면서 마을을 떠나갔다. 동식(東植)이와 수만(壽萬)이었다.

어느덧 설도 지나고 모랑댁이의 무덤 위에 덮였던 눈도 곱게 녹아내렸다. 그리고 산과 들에 다시 봄이 노랗게 무르익어 갔다.

---

희뜩희뜩 다른 빛깔 속에 흰 빛깔이 군데군데 뒤섞여 있는 모양.
한방(-房) 온 방. 여기에서는 '한바탕', '가득' 정도의 의미로 쓰임.
면 서기(面書記) 면사무소에서 문서나 기록 등을 맡아보는 사람.
양복쟁이(洋服--) 양복 입은 사람을 낮잡아 이르는 말.
골무샅 '골목'의 사투리.
거드럭거리다 거만스럽게 잘난 체하며 자꾸 버릇없이 굴다.

노고지리가 울어 대는 나른한 오후였다. 삼바우는 읍에 나가는 마을 사람들을 실어다 주고 그 자리에 배를 매었다. 그리고 배 안에 비스듬히 기대앉아서 물 건너 마을 쪽을 하염없이 바라보며 '우리 갑분이란 년, 올 가을엔 짝을 맞차 줘야 할 낀데……. 고게 벌써 엉뎅이가 여간 바라지지 않았다니까.' 이런 생각을 한다. '사람은 두칠이가 꼭 됐는데, 동생들 땜에 앞으로 일이 클 끼라…….' 아으윽 하품이 나왔다. 눈두덩이 무거워 온다. 삼바우는 허벅지를 득득 긁으며 스르르 잠 구렁으로 떨어져 갔다.

얼마를 잤을까? 삼바우는 얼굴을 찡그리며 부스스 눈을 떴다. 인기척이 있었던 것이다. 웬 그늘 밑이었다. 손등으로 이마에 맺힌 땀을 씻으며 보니 그것은 그늘이 아니라 무슨 그림자였다. 얼른 돌아보았다. 사람이었다.

"으악!"

그러나 삼바우는 놀라 벌떡 소스라쳤다. 겨드랑 밑으로 식은땀이 줄 흐른다.

"이기 누고?"

"냅니더."

코 먹은 소리였다.

---

노고지리 '종다리'의 옛말. 몸은 참새보다 조금 크며, 봄에 공중으로 높이 날아오르면서 잘 운다.
바라지다 가슴이나 어깨, 등이 옆으로 퍼지다.
구렁 빠지면 헤어나기 어려운 환경을 비유적으로 이르는 말.
⚜ 코 먹은 소리 코가 막혀서 콧속을 울리어 나는 소리.

"……?"

"모르겠능교?"

"?"

"두칠이구마."

"뭣?"

"……."

"두칠이라?"

그것은 두칠이가 아니었다. 도깨비였다. 눈이 하나밖에 없었다. 코가 대추같이 녹아 붙었고 귀도 한 개는 고사리처럼 말려 들었다. 온 얼굴이 서투른 다리미질을 해 놓은 것 같았다. 뻰들뻰들 윤이 나는 뻘건 살점이 목덜미까지 흘러내렸다. 휘주근한 군복을 걸치고 있었고, 이 좋은 봄날에 무슨 놈의 장갑을 한 짝 끼고 있었다. 그리고 한 손에는 개라도 때려눕힐 그런 몽둥이를 지팡이 삼고 있는 것이었다. 이것이 어찌 두칠이란 말인가? 당치도 않은 소리였다. 그러나 자세히 보니 정말 어딘지 좀 두칠인 것 같기도 했다.

"나 이 모양 됐심더."

한 개 남은 눈깔에 이슬이 어리었다. 허나 그는 벌겋게 웃고 있었다. 틀림없었다. 틀림없는 그것은 두칠이였다. 기가 막힐 사실이었다.

---

휘주근하다 풀기가 빠져서 축 늘어져 있다.

"아이구, 이누묵 자식아!"

삼바우는 덥석 두칠이의 팔을 가서 잡았다. 순간 그는 또 한 번 놀라지 않을 수 없었다. 무슨 놈의 팔뚝이 이렇게도 여물고 빳빳한 팔뚝이 있단 말인가? 도무지 무슨 나무 막대기였다.

"팔은?"

"그거 아잉교."

"……?"

"흐흐흐……."

두칠이는 훌렁 소맷자락을 걷어붙였다. 불쑥 눈앞에 튀어나온 것.

"저런, 쯧쯧쯧……."

삼바우는 미간에 거꾸로 여덟팔 자를 그렸다.

"신세 조졌심더."

"……."

"앙 죽고 살아낭 기 한입니데. 흑!"

두칠이는 훌쭉 코를 들이마셨다. 한 줄기 뜨거운 것이 기어이 이지러진 얼굴 위로 지렁이처럼 기어 내린다. 흰 장갑을 낀 사금파리 같은 노란 빛깔의 팔뚝에 햇빛이 와서 반짝거린다. 두칠이의 얼굴에서 눈물 자국이 마르기를 기다려 삼바우는 가만히

---

미간(眉間) 두 눈썹의 사이.
조지다 (사람이 어떤 일 등을) 망치거나 그르침을 속되게 이르는 말.
사금파리 사기그릇의 깨어진 작은 조각.

입을 열었다.

"우리 용팔인 우째 됐노, 응이?"

"잘 모릅니더."

"와?"

"같이 앙 있었구마. 훌런[훈련] 받을 때부터 앙 갈렀능교."

"헤헤 참! 내가 뭐라 카더노. 꼭 손을 잡고 댕기라 안 카더나. 그럼 천달이는?"

"천달이캉은 훌런은 한 소대서 받았는데 나중에 갈렸구마."

"참! 동식이하고 수만이 만냈나? 가들도 군대 나갔다."

"언제요?"

"보자…… 작년 선달인가? 못 만냈나?"

"몽 만냈구마."

"같은 국군에 있음서도 못 만냈나? 가들은 너거들 만내서 한테 있을라 캐 쌓던데……."

"히힝힝……."

두칠이는 코에서 바람이 새는 소리로 웃어 버린다.

도깨비가 되어 돌아온 두칠이를 싣고 나룻배는 마을을 향해 서서히 물살을 가르기 시작했다. 두칠이는 감개가 무량한 듯 고향 마을을 바라보며 곧장 하나밖에 안 남은 눈깔을 깜작거린다.

---

선달 음력으로 한 해의 맨 마지막 달을 이르는 말.
감개(感慨) 어떤 감동이나 느낌이 마음 깊은 곳에서 배어 나옴. 또는 그 감동이나 느낌.
무량하다(無量--) 정도를 헤아릴 수 없을 만큼 많다.

"대체 니 우짜다 그래 됐노?"

"후유! 말도 마이소. 엉망진창이구마. 막 죽심더. 개보다도 몽하구마. 파랭이보다도 몽하구마."

"……."

"뺑! 대포 한 방에 사람이 얼매나 죽는동 아능교?"

"한 백 명이나 죽나?"

"그렇게사 앙 죽지만 자우간 많이 죽심더. 뺑! 하면 하늘로 훅훅 날라가 버리누마. 빼따구도 몽 찾누마. 말도 몽합니더."

"쯧쯧쯧……."

"그래 죽는 건 그래도 호강이구마. 지뢰랑 것이 있는데……."

"지래가 뭐고?"

"그렁 기 있심더. 밟으면 툭 터지는 폭탄인데, 나도 구만 그걸 앙 밟았능교."

"쯧쯧, 뭐 할라고 밟았노, 그런 걸."

"힝힝…… 그걸 밟고 팔다리가 떨어져서 몸뚱이만 띠굴띠굴 궁굴다가 죽는 사람도 있고……."

"저런 수가 있나."

"배가 툭 터져서 줄줄 쏟아지는 창자를 끌어넣으며 죽는 사람도 있고……."

---

파랭이 '파리'의 사투리.
자우간 좌우간(左右間). 이렇든 저렇든 어떻든 간.

"어이구 몸써리야!"

"엉망진창이구마. 말도 마이소."

두칠이는 입에 거품을 물고 떠들어 댔고, 삼바우는 아래턱을 덜덜 떨었다. 배는 어느덧 나루터를 향해 미끄러져 들어가고 있었다.

"참! 우리 어매 잘 있능교? 동생들이랑?"

두칠이의 묻는 말에 삼바우는 입에서 나오는 대로 얼른,

"잘 있다."

했다. 그리고 그는 두 눈을 껌벅거리며 음— 하고 꿀꺽 침을 삼켰다.

배에서 내려 지팡이를 짚고 비탈길을 걸어 올라가는 두칠이는 발도 한쪽을 잘쑥잘쑥 절고 있었다. '저거 어매도 죽고 저래 가지고 앞으로 우째야 되노?' 삼바우는 눈시울이 화끈 달아올랐다. '멀쩡한 놈을 데리다가 저게 무슨 꼬라지고, 세상에 …….' 분한 생각에 아랫도리가 후둘 떨렸다. 그러나 후유! 노여움은 한숨이 되어 쏟아지는 수밖에 없었다. '그럼 인제 우리 갑분이를 누구한테 치워 묵노?' 입맛이 떨떨했다.

"등신이지 글쎄, 그놈의 지랜가 지랄인가 그걸 뭐 할라고 밟노 말이다. 내 참!"

---

몸써리 몸서리. 몹시 싫거나 무서워서 몸이 떨리는 일.

삼바우는 코를 팽 풀었다. 그리고 그것을 강물에다가 냅다 때기장쳤다.

다시 세월은 흐른다.

봄이 가고 여름. 한동안 실성한 사람처럼 지팡인지 모를 그 나무 막대기를 휘두르며 마을을 쏘다녀 쌓던 두칠이가 하루아침 얌전히 강을 건너가더니 사흘 만에 돌아왔다. 손에는 보따리가 들려 있었고 호주머니에서 돈이 쏟아져 나왔다. 코 묻은 돈이긴 했으나 만만치가 않았다. 그리고 보따리에는 눈깔사탕, 성냥, 혹은 연필자루 등속이 남아 있었다. 그 후로부터 두칠이는 쉴 사이 없이 강을 건너다녔다. 입성도 차츰 단정해 갔다. 하나 갑분이는 무섭고 서럽기만 했다.

여름이 가니 가을. 대열이의 돌잔치가 있었다. 대열이는 돌상머리에서 가위를 집어 들고 짜박짜박 걸음마를 했다. 퍽 숙성한 아이였다. 애비가 집에 있었더라면 얼마나 좋아할꼬? 하고 마을 사람들이 입을 뗄 때마다 순녀는 가슴이 무거웠다. 먼 하늘가로 하염없는 눈이 팔리곤 했다. 가을이 깊었으나 갑분이의 혼사는 없었다. 오빠가 돌아올 때까지는 아버지와 함께 살겠다고

---

때기장치다 '땅바닥에 내동댕이치다'라는 의미의 사투리.
눈깔사탕(--沙糖) 엿이나 설탕을 끓여서 둥글고 단단하게 만든 사탕.
등속(等屬) 나열한 사물과 같은 종류의 것들을 몰아서 이르는 말.
입성 '옷'을 속되게 이르는 말.

마다했던 것이다.

겨울이 왔다. 여느 해보다 별나게도 추운 겨울이었다. 그러나 삼바우는 낮이면 노상 강물 위에 있었다. 새끼발가락이 한 개 얼었으나, 용팔이를 생각하면 그런 것쯤 아무것도 아니었다.

봄. 올해는 네 사람의 장정이 징병 검사를 받게 되었다. 읍에 가서 신체 검사를 마치고 돌아온 그들은 공연히 큰 소리로 떠들어 댔다. 셋은 갑종(甲種), 하나는 무종(戊種)이었다. 갑종들은 무종이란 놈을 얼마나 부러워하는지 몰랐고, 무종은 무슨 큰 벼슬이라도 얻은 듯이 좋아했다.

여름.

그리고 가을. 대열이는 이제 제법 말재주도 늘었다. 할아버지를 아직 '하부이'라고 부르기는 했지마는.

첫서리가 보얗게 내린 어느 날 아침 나절, 읍으로부터 오는 길에 멀리 자전거가 한 대 나타났다. 삼바우는 나룻배를 몰아 물가에 갖다 대 놓고, 가까워 오는 자전거를 기다렸다. 그것은 더러 안면이 있는 자전거였다. 빨간 자전거였다. '편지가 오는구나.' 삼바우는 가슴이 뛰었다. '혹시 우리 용팔이한테서나

---

징병 검사(徵兵檢查) 징집 대상자를 소집하여 군대에서 복무할 자격이 되는지 신체나 신상 등을 검사하는 일.

갑종(甲種) 예전에, 징병 검사에서 정하던 신체 등급의 하나. 최상위 등급이다.

무종(戊種) 신체 검사를 다시 받는 등급으로 징집 면제에 해당한다.

…….' 자전거에서 내리는 배달부는 낯이 선 사람이었다.

"여보이소, 저 마을이 강동리(江東里) 이구(二區) 맞지요?"

"야, 맞구마. 편지 어디서 왔능교?"

"양봉재(梁鳳在)라는 사람 있능게?"

"야, 있구마. 천달이 저거 어르신네구마. 어디서 왔능교?"

"에에……."

배달부는 편지를 뒤집는다.

"천달이한테서 왔능교?"

"아니요. 군수한테서 왔구마."

"군수라니요?"

"군수도 모르능게? 고을 원님 말이구마."

삼바우의 두 눈은 통방울처럼 휘둥그레진다.

"정말로 카능게? 부러 카능게?"

"이 양반 보소. 내가 어디 할 일이 없어서 장난하로 댕기는 사람인 줄 아능게? 허허……."

"하아— 군수한테서……."

참 희한한 일도 다 있다는 듯 삼바우의 벌어진 입은 쉬 다물리지가 않았다. 배달부의 자전거를 번쩍 들어 배에 올려 주며,

"나한테는 없능교, 편지? 배삼바우구마."

---

통방울 품질이 낮은 놋쇠로 만든 방울.
부러 실없이 거짓으로.

"그 집 하나뿐이구마."

서운했다. 그러나 삼바우는 노를 저으면서도 '군수한테서 편지가 오다니, 양 생원 인제 팔자 고치는 거 아니가?' 곧장 감격스러웠다. 허나 한편 어떻게 생각하면 '양 생원한테 군수라니…….' 너무 당치가 않아 슬그머니 겁이 나기도 했다.

마을에서 울음소리가 일어난 것은 그로부터 잠시 후의 일이었다. 물론 양 생원네 집이었다. 온 집안이 그대로 울음의 도가니였다. 난데없는 곡성에 마을은 발칵 뒤집히었다. 순녀의 피나는 울음소리는 유독 마을 사람들의 간장을 끊었다. 대열이도 덩달아 삐이삐이 소리를 질렀다. 천달이가 뭐 어쩌고…… 뼈다귀가 뭐 어쩌고저쩌고…… 사람들은 서로 귀에 입을 대고 쑥덕거렸다. 마을은 밤이 되어도 뒤숭숭했다. 목이 잠겨 이제 찢어진 불무 소리 같은 곡성이 그래도 끊일락 이을락 한이 없었다. 뒤언덕 도토리나무 잎사귀를 떨고 지나가는 바람 소리도 별나게 스산하기만 했다.

며칠 뒤, 이른 새벽. 양 생원네는 강을 건너 읍내로 들어갔다. 삼바우는 멀어져 가는 그들의 뒷모습을 바라보며 크게 한숨을 쉬었다.

순녀의 등에 업힌 대열이는 곧장 엄마에게,

---

곡성(哭聲) 곡소리. 크게 소리 내어 우는 소리.

⚜ 마을 사람들의 간장을 끊었다 마을 사람들의 마음을 몹시 슬프게 했다.

불무 '풀무'의 사투리. 불을 피울 때 바람을 일으키는 기구.

"엄마야 우이 어디 가노?"

"읍내 간다."

"읍내가 머꼬?"

"……."

"앙? 엄마."

"읍내가 읍내지 뭐까 봐. 저어기 가면 읍내라고 있다."

"머 하로 가노?"

"……."

"앙?"

"……."

순녀는 뭐라고 대답할 말이 없었다.

땅이 한쪽으로 기울어지는 듯 어지럽기만 했다. 엄마의 대답이 없으니 대열이는 할아버지를 돌아본다.

"하부이! 우리 머 하로 가노?"

"……."

"하부이 니도 모르나?"

"……."

벌그레 부어오른 두 눈을 무겁게 내리감을 따름, 할아버지 역시 아무런 대꾸가 없다. 대열이는 울상이 되어 킹킹 칭얼거리다가 그만 엄마의 등짝을 마구 때려 준다.

그날 저녁때는 왜 그렇게 하늘이 타는지 몰랐다. 벌건 불길이 구름을 태우고 온 벌판으로 쏟아져 내렸다. 강물도 꽃자주색으로 출렁거리고, 불어오는 바람에도 붉은 빛깔이 물들어 있었다. 이처럼 무섭게 저물어 가는 황혼 속으로 양 생원네는 돌아왔다. 양 생원은 목에 띠를 걸고 네모반듯한 상자를 하나 받쳐 안고 있었다. 상자는 하얀 보에 싸여 있었다. 순녀는 고무신을 벗어 들고 맨발이었다. 그녀의 입술은 까맣게 질려 있었고, 양 생원의 얼굴에는 두 봉우리의 광대뼈가 엄청나게 불거져 올랐다. 엄마의 궁둥이에 매달린 대열이는 달랑달랑 종아리를 흔들며 돼지 새끼처럼 잠이 들어 있었다. 모두 지칠 대로 지쳐 있었다.

후닥닥 배에서 뛰어내린 삼바우는 양 생원 앞으로 달려가서,

"인자 오시능교."

여느 날보다 정중히 머리를 숙였다. 그리고 쯧쯧쯧 혀를 차면서 양 생원이 안고 있는 상자를 자기가 받아 들려고 했다. 으응! 하고 양 생원은 고개를 크게 한 번 가로저어 버린다. 배에 오르자 순녀는 대열이를 내려 품에 안았다. 대열이는 보송보송한 눈을 비비면서 잠을 깼다. 사방을 둘레둘레 살피다가 목을 움츠리며,

"춥다, 엄마."

한다. 나룻배는 기우뚱거리며 물이랑을 가르기 시작했다. 꽃자주색으로 출렁거리던 물빛도 어느덧 보라색으로 바뀌었고 하

보(褓) 보자기. 물건을 싸거나 씌우기 위하여 네모지게 만든 천.
물이랑 배 등이 지나는 길에 물결이 양쪽으로 갈라지면서 줄줄이 일어나는 물결.

늘을 태우던 불꽃도 이제 힘없이 사위어 간다. 하얀 상자를 안고 혼이 나간 사람처럼 멀뚱히 앉아 있는 할아버지와 눈이 마주치자 대열이는 방긋이 웃었다.

"하부이! 그거 하양 거 머꼬?"

"……."

"그 안에 머 든노?"

"……."

"참 종[좋은] 기가?"

그러자 그만 순녀는 울상을 하고 '뭐 이런 기 다 있노.' 대열이의 종아리를 꽉 꼬집어 준다. 그리고 할아버지의 상자가 보이지 않도록 얼른 돌아앉아 버린다. 엄마에게 종아리를 꼬집힌 대열이는,

"아얏! 아프다."

하고 주둥이를 빼문다. 삼바우는 킥 솟구치는 웃음을 참지 못했다.

"후후훅!"

그러나 얼른 혓바닥을 지레 물었다. 목덜미를 벌겋게 붉히며 참 미안한 일이라고 생각했다.

나루터에 마을 사람들이 허옇게 나와 섰다. 그것을 본 대열이

---

사위다 불이 사그라져서 재가 되다. 여기에서는 붉은 불길이 타오르는 것같던 노을의 색이 점차 옅어지는 것을 의미함.

지레 어떤 일이 일어나기 전 또는 어떤 기회나 때가 무르익기 전에 미리.

는 금세,

"엄마야, 저기 사얌[사람] 많다."

"……."

"히야— 많다. 우리 기다리나?"

"……."

순녀는 북받쳐 오르는 서러움을 이기지 못하여 왈칵 목을 놓아 버린다.

"아이구우 아이구우 우째애 살꼬. 누굴 믿고오 살아갈꼬. 흐흐흑 아아아……."

대열이는 눈이 똥그래지며,

"엄마, 니 와 우노?"

"아아아…… 흑, 아이구 아이구우……."

"우지 말아 힝!"

대열이도 그만 삐이 소리를 빼문다. 양 생원은 으으음, 하고 훌쩍 코를 들이마시며 외면을 해 버린다. 삼바우의 두 눈에도 껌적껌적 물기가 어리었다. '망할 눔의 세상, 망할 눔의 세상…….' 노를 잡은 손이 자꾸 거칠어진다.

"내 팔자야, 내 팔자야아아 흐흐흑……."

순녀의 울음소리는 삭막한 가을바람에 실려 물 아래로 흘러간다.

나루터에 나와 서 있는 마을 사람들도 모두 한숨에 젖어 있었다. "빌어묵을 놈의 세상이지, 하필 와 남의 집 외둥아들을 잡아가노 말이다." 이런 소리를 주워섬기는 노인도 있고, 어떤 노파는 "관셈보사알—." 하고 가슴 앞에 두 손을 모으기도 했다. 갑분이의 탐스러운 얼굴에도 그늘이 서리었고, 두칠이의 도깨비 같은 얼굴도 오늘은 거기 섞여 있었다. 그러나 두칠이만은 입언저리에 얄궂은 웃음을 띠고 있다. '흥, 유골이라? 저 안에 든 것이 천달이 뼈다귀라 그 말씀이지, 흥! 흥!' 목덜미로 흘러내린 삔들삔들한 살점이 곧장 실룩거린다. 누렁이란 놈도 물가에 내려서서 주둥이를 하늘로 쳐들고 컹컹컹 짖어 댄다.

유골이 배에서 내리자, 나루터는 잠시 걷잡을 수 없이 들끓었다. 양 생원의 손목을 가서 붙잡고, 이 사람아 이 사람아, 하고 한숨을 짓는 노인, 위로를 한답시고 떠들어 대는 노파들. 순녀의 울음을 달래며 찔끔찔끔 눈물을 짜는 아낙네가 있는가 하면, 옷고름에 물코를 푸는 큰애기가 있고 우는 아이가 있고, 짖는 개가 있고……. 그러나 두칠이는 연신 얼굴을 실룩거리며,

"머 보통이지, 보통이지……."

하고 중얼거렸다. 허나 그의 하나 남은 눈깔에도 눈물이 어리어 있지 않는 것은 아니었다. 유골이 마을을 향하자 사람들은 줄을 지어 그 뒤를 따랐다. 땅거미가 자욱하게 깔리고 있었다.

---

주워섬기다 들은 대로 본 대로 이러저러한 말을 아무렇게나 늘어놓다.
유골(遺骨) 죽은 사람의 몸을 태우고 남은 뼈.
물코 콧물이 늘 흐르는 코. 또는 물기가 많은 콧물.
큰애기 '처녀'의 사투리.
땅거미 해가 진 뒤 어스레한 상태. 또는 그런 때.

사흘 뒤, 유골은 도토리나무 숲속에 묻히었다.

몇 토막의 유골을 땅에 묻는 날, 삼바우는 팔을 걷어붙이고 누구보다도 서둘러 일을 했다. 그리고 누구보다도 많은 막걸리를 마셨다.

오전 술이 되고 보니 취기가 빨랐다. 얼굴이 호닥호닥 상쾌하게 타오르고 콧구멍에서 향긋한 냄새가 훅훅 풍기었다. 그저 그럴 수가 없었다. 읍에 나가는 사람들을 싣고 배가 물 위에서 흔들릴 때, 그는 구성지게 콧노래를 흥얼거리기까지 했다.

사람들이 내리자 삼바우는 배를 매고 물기슭에 서서 고의춤을 훌렁 까헤쳤다. 배꼽이 툭 불거져 나온다. 배꼽도 술에 익어서 빨갛다. 술이 들어가면 어찌 그리 오줌이 잦은지……. 물씬물씬 김이 오르는 오줌발이 포물선을 그으며 줄기차게 뻗어 나가 강물을 때린다. 허연 거품이 부글부글 끓어오른다. 참 시원도 하다. 손에 뿌듯이 힘을 주며 오줌발을 냅다 휘둘러 댄다. 포물선은 더욱 먼 곳에 나가 반원을 그리며 소나기처럼 쏟아진다. 삼바우는 콧구멍을 벌렁거리며 히힝! 웃었다. 자기에게는 아직 얼마든지 힘이 남아 있다는 생각이 가슴을 벅차게 했던 것이다. '누구캉 한바탕 씨름이라도 해 봤음야…….' 이런 엉뚱한 생각

구성지다 천연스럽고 구수하며 멋지다.
포물선(抛物線) 물체가 반원 모양을 그리며 날아가는 선.

이 들기도 했다. 오줌 방울을 툭툭 떨고 고의춤을 여몄다.

배에서 내린 사람들이 하얗게 돌아간 밭모퉁이를 까아만 그림자가 두 개 걸어오고 있는 것이 보였다. 삼바우는 이마에 손을 얹고 그쪽을 바라보며 으으윽! 크게 트림을 했다. '혹시 우리 용팔이 아니가? 용팔이가 오면 혼자 올 낀데……. 보자, 동식이캉 같이 오는 거 아니가? 그렇잖으면 동식이하고 수만이 가들 둘인강?' 삼바우는 두 눈을 곧장 껌벅거렸다. 그러나 점점 가까워 오는데 보니 그것은 용팔이도 아니었고, 동식이도 수만이도 아니었다. 자세히 보니 하나는 총을 어깨에 메고 있었고 하나는 양복쟁이에 틀림없었다.

"익크!"

삼바우는 가슴이 덜컥했다. 결코 반가운 사람들이 아니었던 것이다. '또 오는구나. 또 누굴 데리갈라고…….' 술기와 함께 온몸의 피가 얼굴로 치솟는 듯했다. 입술도 부들부들 떨리었다. 벌써 몇이나 데리갔노 말이다. 데리가서 두칠이는 그 꼬라지를 만들어 놓았지, 천달이는 돌려준다는 것이 뼉다구뿐이지, 더구나 우리 용팔이한테서는 소식도 없지, 동식이, 수만이도 마찬가지고. 그만하면 됐지, 또 누굴 데리갈라고……. 염치도 없는 것들 같으니…….' 삼바우는 어금니를 꽉 지레 물었다.

"안 되지, 안 돼!"

---

술기(-氣) 술기운.

주먹을 불끈 쥐고 한쪽 발로 땅을 쾅! 내리굴렀다. 기세가 이만저만 아니다. 그러나 어찌 된 영문인지 총을 멘 사람과 양복쟁이의 얼굴이 또렷하게 바라보일 만큼 가까워지자 그만 아랫도리가 후둘후둘 흔들리는 것이 아닌가. 지레 물었던 어금니도 덜덜 떨리었고 주먹에서도 손가락들이 제가끔 힘없이 풀려나갔다. 하는 수 없다는 생각이 들자, 두 눈에 뜨거운 것이 핑 돌았다. 그러나 그 순간 참 희한한 생각이 하나 뒤통수를 갈기고 지나갔다.

"옳지!"

삼바우는 궁둥이를 탁 치고 고의춤을 불끈 추켜올렸다. '좋은 수고말고.' 얼른 닻줄을 풀어 배 안에 던지고 가볍게 몸을 날렸다. 그리고 후닥닥 노를 잡고 마구 물을 휘저었다. 깜짝 놀란 배는 어지럽게 흔들리다가 머리를 불끈 물 위로 쳐든다. 삼바우는 아랫입술을 질끈질끈 깨물며 있는 힘을 다했다. 이마에 기름 같은 땀이 끈적끈적 내배인다. 배는 자세를 가다듬고 신나게 내달았다.

강길을 끊어 버리고 만 것이다.

손님도 태우지 않고 부리나케 떠나는 배를 보자 두 사람은 눈을 휘둥그레 해 가지고 달려오며 냅다 고함을 지른다.

"여보! 아 여보오—."

---

제가끔 제각기. 저마다 따로따로.

"여기 탈 사람 있소. 좀 기다리쇼!"

그러나 삼바우는 입언저리로 흘러내리는 땀방울을 혀끝으로 씩 핥으며 고소하게 웃는다. '어디 탈 테면 한번 타 보지, 흥!' 콧방귀를 팡 뀌어 준다.

"아, 저놈의 영감쟁이가 돌았나? 우쨌노?"

"아, 이리 빨리 배를 안 갖다 댈래?"

두 사람은 얼굴이 빨개 가지고 주먹으로 삿대질을 해 쌓는다. 삼바우는 이만저만 통쾌하지가 않았다. 자기에게도 이런 용기가 있었는가 싶으니 스스로 놀랍기도 했다. '안 되지, 안 돼, 안 되고말고. 마을에서 나룻배를 만들 때는 마을 사람들 편리하라고 만들었지, 누가 어디 저거 자식 잡아가라고 만들었는 줄 아나? 흥!'

그러나 삼바우는 차츰 술이 깨는 듯 오스스 떨리어 왔다.

■ 『**사상계**』(1959. 7) ; 『하근찬 선집』(현대문학, 2011)

# ● 등장인물 들여다보기

## 삼바우 영감

삼바우 영감은 마을에서 나룻배 사공으로 일하는 노인입니다. 마을과 외부 지역을 이어 주는 역할을 하는 인물인 만큼, 가장 먼저 마을 사람들의 일에 관여하게 되지요. 그의 아들 용팔이를 포함하여 젊은이들이 소집 영장을 받고 군대에 끌려갈 때 나룻배에 태워 읍내의 집합 장소까지 데려다 준 것도 삼바우 영감입니다. 또한 도깨비처럼 변해 버린 두칠이가 마을로 돌아왔을 때, 나루터에서 그를 제일 먼저 만난 것도 바로 삼바우 영감이었고요. 빨간 자전거를 타고 양 생원네 아들 천달이의 전사 통지서를 전해 주러 온 배달부를 실어 나른 것도 역시 삼바우 영감이었습니다.

이렇게 마을의 외부로부터 비극이 건너온다는 인식이 경험적으로 쌓이는 가운데, 삼바우 영감은 마을에 불행한 일을 가져다주는 외부 사람을 경계하게 됩니다. 다시 말해, 외지인은 마을 젊은이들을 데려가 상하게 만들거나 죽게 한다는 생각이 박혀 버립니다. 그래서 그는 어깨에 총을 멘 사람과 사무를 보는 듯한 양복 입은 사람이 마을에 나타났을 때 그들을 나룻배에 태우지 않으려고 뱃길을 끊어 버리지요.

삼바우 영감이 뱃길을 끊는 것은 순박한 인식에서 나온 단순한 행동에 지나지 않아요. 그러나 총을 멘 사람과 양복쟁이의 입장에서 본다면 이는 국가의 명령과 지시를 거부하는 행위가 될 것입니다. 삼바우 영감은 감히 국가와의 관계를 끊는다거나 정치적인 저항 행동을 할 인물은 아니지요. 다만 자신도 의식하지 못하는 사이에 전쟁을 일으키고 '염치도 없이' 민중을 희생시키는 국가에 저항한 셈이 되어 버린 것이지요.

### 두칠이

두칠이는 칭칭이를 메기는 목소리가 쩌렁쩌렁 울릴 만큼 노래를 잘하는 건장한 장정으로, 군대에 징집되어 친구들과 함께 고향 마을을 떠나게 됩니다. 삼바우 영감의 딸 갑분이는 두칠이를 좋아하고 있어 두칠이와의 이별에 가슴 아파하지요. 시간이 흘러, 전쟁터에서 지뢰를 밟아 몸이 상한 두칠이는 도저히 상상할 수 없을 정도의 흉측한 모습이 되어 마을로 다시 돌아옵니다. 화상으로 인해 눈은 하나밖에 남지 않았고, 코와 귀는 일그러졌으며, 살점은 목덜미까지 흘러내렸어요. 또한 한쪽 팔을 잃어 뻣뻣한 의수를 끼고 있었고, 다리 한쪽마저 절뚝거립니다.

전쟁은 그토록 젊고 건강한 두칠의 신체를 철저하게 파괴했습니다. 대포나 지뢰 같은 살상 무기는 실로 인간의 목숨을 파리 목숨처럼 하찮게 죽이는 비인간적인 발명품이었지요. 나아가 전쟁의 비인간성은 두칠의 성격도 아주 냉소적으로 바꾸어 놓았어요. 그는 스스로를 '신세 조진' 사람이라고 자처하면서 죽지 않고 살아남은 것이 한이라고 말합니다. 또 친구 천달이가 유골로 돌아왔을 때에도 두칠이는 얄궂은 웃음을 띠며 '흥, 유골이라? 저 안에 든 것이 천달이 뼈다귀라 그 말씀이지, 훙! 훙!' 하며 무엇인가를 비웃는 듯한 말을 내뱉습니다. 한마디로 두칠이는 전쟁의 상처로 인해 삶에 대한 긍정성을 잃어버린 것이지요. 갑분이는 이런 두칠이에게서 무섭고 서러운 느낌을 버리지 못합니다. 불구의 몸이 된 두칠이 성격까지 거칠게 변했기 때문이에요. 이렇게 온몸에 전쟁의 참혹한 폭력성이 새겨진 두칠이는 민족적 수난의 희생자를 대표합니다. 한 사람의 건장한 청년으로서 나라를 위해 전쟁에 참가한 결과 처참하게 망가진 몸으로 비극적 운명을 받아들여야 했으니까요.

마을로 돌아온 뒤 한동안 실성한 사람처럼 마을을 쏘다니던 두칠이는 시간이 흐른 뒤 부지런히 배를 타고 강을 건너다니면서 눈깔사탕, 성냥, 연필자루 같은 물건을 파는 보따리 장사를 시작해서 돈을 법니다. 비록 몸은 부자유스럽지만 자기 나름대로 살아갈 길을 찾아낸 것이지요. 비인간적인 전쟁도 두칠이의 삶의 의지마저 파괴시킬 수는 없었나 봅니다.

## ● 작품 Q&A

### "선생님, 궁금해요!"

**Q 이 작품에서는 구체적으로 어떻게 전쟁의 참상을 고발하고 있나요?**

**A** 이 작품에서는 마을 바깥에서 벌어지는 전쟁이 어떻게 마을 공동체 내부에 불행과 슬픔을 가져다주는지를 이야기하고 있습니다. 전쟁으로 인해 마을 젊은이들이 군대에 소집되어 끌려가서 죽거나 다치거나 소식이 두절됩니다. 본래 평화롭게 농사를 지으며 오순도순 살고 있었을 마을 사람들은 먼 곳에서 벌어지는 전쟁 때문에 평화를 잃고 비극을 맞이하게 된 것이지요. 곧, 한적하고 평화로웠던 마을 공동체는 전쟁 때문에 죽음, 불구, 행방불명, 가난과 같은 치명적인 위험에 노출되어 버린 것입니다. 삼바우 영감이 양복쟁이 같은 외지 사람들에 대해 분노와 두려움을 품게 된 까닭이 바로 전쟁이 가져다준 이러한 비극과 불행 때문입니다.

시집온 지 다섯 달밖에 안된 천달이의 아내 순녀를 볼까요? 그녀는 임신한 몸으로 남편을 전쟁터로 떠나보내고 결국 남편을 잃게 됩니다. 천달이 전쟁터에서 소식이 없는 동안 순녀는 아들을 낳지만, 천달이가 한 줌의 유골로 돌아오면서 그녀의 아들은 얼굴도 보지 못한 아버지를 영영 잃게 된 거예요. 〈수난이대〉나 〈흰 종이수염〉처럼 여기에서도 민족의 수난은 대를 이어 나타나고 있네요.

이 작품에서 전쟁의 참혹함과 비정함을 드러내는 대표적인 인물은 전쟁터에서 살아 돌아온 두칠이입니다. "그것은 두칠이가 아니었다. 도깨비였다. 눈이 하나밖에 없었다. 코가 대추같이 녹아 붙었고 귀도 한 개는 고사리처럼 말려들었다. 온 얼굴이 서투른 다리미질을 해 놓은 것 같았다. 뻰들뻰들 윤이 나는 뻘건 살점이 목덜미까지 흘러내렸다."라는 묘사에서 알 수 있듯이, 두칠이의 육체적 손상은 바로 전쟁의 비인간성과 폭력성을 극명하게 드러내고 있어요.

또한 두칠이는 섬뜩하게 변해 버린 외모만큼이나 성격도 냉소적이고 비뚤어져 버렸습니다. 그는 자신이 죽지 않고 살아 돌아온 것에 대해 감사하거나 긍정적으로 생각하지 않아요. 절망과 분노로 마음마저 일그러진 것이지요. 특히 어릴 적 동무인 천달이가 전사해서 유골로 돌아왔을 때, 두칠이는 '흥, 유골이라? 저 안에 든 것이 천달이 뼈다귀라 그 말씀이지, 흥! 흥!' 하고 생각합니다. 냉정한 것도 같고, 전쟁터에서는 사람 목숨이 파리 목숨보다도 못한 것을 몰랐냐며 비웃는 것도 같습니다.

하지만 그런 두칠이의 한쪽 눈에도 눈물이 맺혀 있다는 사실은 그 역시 친구의 죽음을 애석해한다는 것이겠지요. 하지만 그는 단순한 슬픔이 아니라 비통과 분노와 절망과 냉소가 뒤섞인 복잡한 심사에 사로잡힙니다. 어이가 없을 정도로 쉽게 인간의 목숨을 앗아 버리는 전쟁터에서의 체험 때문이지요. 그리고 전쟁터에 나가 있는 동안 어머니가 돌아가셨다는 것, 이제는 자기를 좋아하던 갑분이와의 결혼을 꿈꾸기 어렵게 된 것, 평생 동안 불구로 살아가야 한다는 것 등등 두칠이의 마음속에는 아마도 인생의 절망감이 깊이 뿌리내리고 있었을 겁니다. 나아가 상이군인으로서 보따리 장사를 한다는 것도 사람들 앞에 자신을 두렵고 불쾌한 존재로서 드러내는 것일 테고요.

전쟁이라는 극한 상황 속에서 인간은 서로 적대시하고 증오하며 학살, 추방, 폭력과 같은 비인간적인 행위를 저지르기도 합니다. 너무도 잔인하고 비참한 지경에 이르면 무엇이 옳고 그른지를 판단하는 윤리적 감각이 마비되기도 하고, 인간다운 품성을 잃어버리기도 하지요. 전쟁의 참상은 바로 이러한 인간의 내면에 자리 잡고 있다고도 할 수 있을 겁니다.

**Q 이 작품의 중심 소재인 '나룻배'의 상징성에 대해 설명해 주세요.**

**A** 이 작품 첫머리에 나오는 마을에 대한 묘사를 볼까요? 마을 앞에는 항상 깨끗한 물이 넉넉하게 흐르는 큰 강이 있고, 마을 뒤에는 구릉이 펼쳐져 있지요. 우리는 이 작품의 공간적 배경이 겨우 서른 남짓한 가구가 자연 속에서 살아가는 한적하고 고요한 마을이라는 것을 알 수 있습니다. 그렇기 때문에 외지와는 어느 정도 거리를 두고 자기들 나름대로 평화로운 공동체를 영위해 나가고 있는 마을로 볼 수 있어요. 나룻배는 이 평화스러운 마을에서 소음도 없고 공해도 없이 오로지 사람의 힘으로 움직인다는 점에서 이 마을과 닮은 교통편이라고 할 수 있습니다.

나룻배의 기능은 마을 공동체와 외지를 연결시켜 주는 것입니다. 마을 사람들이 마을 밖으로 나갈 때나 외지 사람들이 마을 안으로 들어올 때는 반드시 나룻배를 이용해야 합니다. 서울에서도 옛날에는 한강을 건널 때 나룻배를 이용했지만, 교통편이 발달하면서 자취를 감추었지요. 마을 사람들의 편의를 위해서 만들어 놓은 나룻배는 마을과 닮은 평화로운 성격으로 대량 살인을 저지르거나 삶의 터전을 파괴하고 훼손을 일삼는 전쟁 등의 현대적인 문명과는 대조적인 이미지를 갖습니다.

하지만 전쟁이 일어나면서 나룻배는 본연의 평화스러운 기능을 잃고 자꾸 비극의 원인을 제공하는 역할을 떠맡게 됩니다. 즉, 전쟁과 더불어 나룻배는 마을의 평화를 위협하고 사람들의 마음에 상처를 주는 매개물이 되어 버린 것이지요. 삼바우 영감은 사공으로서 나룻배가 부정적인 사건에 휘말리는 것을 안타까워합니다. 그가 총을 멘 사람과 양복쟁이의 승선을 거부하는 행위는 마을 공동체에 긍정적인 역할을 하던 나룻배의 본래적인 가치와 기능을 회복하려는 의지로 볼 수 있습니다.

**Q 작품의 결말에서 삼바우 영감은 총을 멘 사람과 양복쟁이를 태우지 않고 도망을 가는데요, 그는 왜 그런 행동을 한 것인가요?**

**A** 삼바우 영감은 멀리서 자신의 배를 타러 오는 두 사람을 발견하고는 군대에 끌려간 젊은이들이 돌아오는 게 아닐까 기대합니다. 하지만 자세히 보니 한 사람은 어깨에 총을 메고 있고, 또 한 사람은 양복을 입고 있었어요. 이 두 사람 중 총을 멘 사람은 군인일 것이고, 양복쟁이는 아마도 소집 영장 전달과 같은 공무를 집행하는 사람이겠지요. 여기서 우리는 '총'이라는 무력을 통해 국가의 명령이 전달되고 있다는 것을 알 수 있습니다. 무력을 통해 강제적으로 집

행되는 국가의 공무가 전쟁을 치르기 위한 것이라는 점은 두말 할 필요도 없겠지요. 그래서 삼바우 영감처럼 순박한 시골 사람들이 보기에 민중의 의지와는 전혀 상관없는 전쟁의 비극은 마을 외부에 존재하는 권력의 놀음으로 보입니다. 따라서 전쟁 같은 불행은 외부에서 온다는 막연한 인식이 강화되고, 바깥 세상에 대한 두려움과 거부감은 극대화되는 것이지요. 낯선 인물에 대한 경계는 그 단적인 표현일 것입니다. 삼바우 영감은 뱃전을 돌린 후 '안 되지, 안 돼, 안 되고말고. 마을에서 나룻배를 만들 때는 마을 사람들 편리하라고 만들었지, 누가 어디 저거 자식 잡아가라고 만들었는 줄 아나? 흥!'이라고 생각하며 통쾌해합니다. 하지만 이 단순한 행위가 단지 승선 거부에만 머무는 것이 아니라 국가 권력에 대한 저항으로 여겨질 수 있다는 점이 문제입니다. 만약 양복쟁이가 삼바우 영감을 괘씸하게 여겨서 혼내 주어야겠다고 마음먹는다면, 공무 집행 방해 등과 같은 죄목으로 잡아갈 수도 있을 겁니다.

본래 삼바우 영감은 젊은이들이 전쟁터로 떠날 때에도 다들 살아 돌아올 것이라고 말하는가 하면, 기차를 타고 군대로 이동하는 아들을 향해 '만세'를 외치기도 합니다. 그럴 정도로 전쟁을 심각하게 받아들이지 않는 단순함을 갖고 있지요. 그러나 현실적으로는 이렇게 전쟁의 심각성을 알지 못하는 힘없는 민중이야말로 전쟁의 가장 큰 피해자입니다. 처음에는 전쟁의 폭력성을 심각하게 인식하지 못했던 삼바우 영감이 나중에는 국가 공무의 집행을 방해함으로써 전쟁에 대한 민중의 저항과 반전(反戰)을 향한 의지를 보여 준다고도 볼 수 있습니다.

**Q 이 작품에는 전쟁의 희생자만 그려져 있을 뿐, 가해자의 모습은 보이지 않아요. 이 점을 어떻게 보아야 할까요?**

**A** 네, 이 질문은 〈나룻배 이야기〉뿐 아니라 작가 하근찬의 작품 세계와도 연관된다는 점에서 꽤 의미가 있네요.

실제 하근찬의 작품에서는 일제의 식민 통치나 6·25 전쟁으로 인해 무참하게 희생당한 민중의 모습은 유독 부각되면서, 가해자의 모습은 작품의 전면에는 등장하지 않는 것처럼 느껴져요. 그런데 사실 어떤 역사적 사건에 대해 이야기할 때, 누구는 가해자이고 누구는 피해자라고 딱 잘라 말할 수 없을 때가 많답니다. 뿐만 아니라 실상을 정확히 알지 못한 채 가해자와 피해자가 누구라고 단언하는 것은 위험하기도 하지요. 그런 점에서 보면 하근찬은 전쟁의 비극을 단순히 가해자와 피해자라는 도식으로 파악하지 않는 작가라고 말할 수 있어요.

예를 들어 두칠이는 참혹한 전쟁에서 몸은 만신창이가 되었고 마음에도 깊은 상처를 입었어요. 두칠이가 이렇게 된 데는 누군가의 가해 행위가 없을 리 없겠지요. 그런데도 작품에서는 두칠이에게 폭력을 가한 사람이나 폭력을 명령한 사람이 등장하지 않을 뿐 아니라 그런 존재가 암시조차 되어 있지 않지요. 사실 이 마을 사람들은 그저 전쟁이라는 외부 세계에서 벌어진 사태에 휩쓸릴 뿐이지요. 곧 이 마을 공동체에서는 소박하고 순수한 동시에 아무런 힘이 없는 구성원들이 외부 세계의 전쟁에 의해 하나 둘씩 희생됩니다. 그 전쟁이 어떤 원인에 의해 발생했는지, 그래서 마을 사람들을 희생시키는 가해자는 결국 누구인지는 이 작품만으로는 밝혀지지 않아요. 작가는 이렇듯 가해자의 존재는 무대 뒤편에 놓아두고 희생과 피해로 얼룩진 민중의 운명을 전면에 드러내고 있습니다. 그럼으로써 평화스러운 마을 공동체와 전쟁이라는 비인간적 상황을 뚜렷하게 대조시키고자 한 것이지요.

## 더 읽어 봅시다

**6 · 25 전쟁을 배경으로 한 작품**

이범선, 〈학마을 사람들〉 _예로부터 학마을 사람들은 학을 신처럼 믿어왔다. 학이 날아온 해는 길운, 그렇지 않은 해는 액운이었다. 어느 해 나무에서 새끼 학 한 마리가 떨어져 죽더니, 마을에 전쟁이 밀어닥쳤다. 모진 피난살이에서 돌아왔을 때 마을은 폐허로 변하였지만, 순박한 농민들은 묵묵히 마을을 재건하였다. 이 작품은 일제 강점기 말에서 6 · 25 전쟁에 이르는 기간 동안의 한민족의 수난과 비애를 통해, 전쟁의 폐허 속에서 삶의 희망을 버리지 않고 끈기 있게 살아가는 인간상을 학을 매개로 하여 그리고 있다.

이호철, 〈탈향〉 _이 작품은 전쟁이 발발하자 북쪽에서 몸을 피해 부산으로 흘러든 젊은 실향민들의 이야기이다. 처음에 그들은 궁핍한 피난살이를 잘 극복하고 고향으로 함께 돌아가자는 소망을 키우지만, 쉽게 고향으로 돌아갈 수 없다는 현실을 알게 되자 네 젊은이 사이에는 성격의 차이와 더불어 긴장과 갈등이 커져 간다. 고향을 잃고 어디에도 뿌리내리지 못하여 고통스러워하는 네 젊은이들의 모습을 통해 전쟁의 비정함을 그려 낸 작품이다.

# 왕릉과 주둔군*

6 · 25 전쟁을 치르고 난 이후 미국은 공산주의로부터 우리나라를 보호해 준다는 명목으로 전국 곳곳에 미군 부대를 주둔시켰습니다. 박 첨지가 지극정성으로 돌보는 왕릉 옆에도 어느 날부터 미군 부대가 주둔하기 시작하면서 여러 가지 문제가 발생합니다. 왕릉을 매일같이 돌볼 정도로 전통적인 사고방식이 확고한 박 첨지는 이런 혼란스러운 상황에서 어떤 운명을 맞이하게 될까요?

---

주둔군(駐屯軍) 임무 수행을 위해 한 지역에 일시적으로 머물러 있는 군대.

무덤이 하나 있다. 어찌나 큰 무덤인지 처음 보는 사람은 누구나 입을 딱 벌린다. 꼭 조그마한 산봉우리 같다. 비단결처럼 부드러운 잔디가 이 거창한 흙무덤을 곱게 덮고 있다.

박씨의 선조 되는 어떤 임금이 묻혀 있다 한다. 그래서 사람들은 이 무덤을 박씨 왕릉이라고 부른다. 혹은 그냥 왕릉이라고만 부르기도 한다. 능 둘레에는 소나무가 서 있다. 아름드리 노송이 빽빽이 늘어서서 하늘을 향해 서걱서걱 가지들을 흔들고 있다. 아침 해돋이 때와 저녁 해거름이면 이 일대는 참으로 아름다운 풍경이 된다. 소나무 줄기 사이로 쫙 뻗어 드는 아침 햇살. 그 햇살을 받아 눈부시게 빛나는, 능의 어깨에 맺힌 이슬

---

아름드리 둘레가 한 아름이 넘는 것을 나타내는 말.

아름 둘레의 길이를 나타내는 단위. 두 팔을 벌려 껴안은 둘레의 길이.

노송(老松) 늙은 소나무.

해거름 해가 서쪽으로 넘어갈 무렵.

들. 그리고 우거진 숲 너머로 스러져 가는 저녁놀은 정말 볼 만하다.

하루에 두 번씩 이맘때가 되면 꼭 이곳을 찾아 나오는 사람이 있다. 머리에 어린애 주먹만 한 상투를 튼 박 첨지•이다. 망태기•를 메고 손에 낫을 든 박 첨지는 먼저 숲속을 이리저리 누비고 다닌다. 자라난 풀이 있으면 베고, 떨어진 솔방울이나 막대기 같은 것이 있으면 줍는 것이다. 다음은 능을 한 바퀴 돌며 두두룩한• 잔디를 두루 살핀다. 혹 그새라도 잡초가 돋아나 있으면 낫으로 곱게 도려내 버린다. 그리고 능 곁에 앉아 허리에 찌른 담뱃대를 빼 든다. 박 첨지의 콧구멍은 남달리 크다. 큰 두 구멍으로 연기를 푸— 내뿜으며 능의 위용•을 우러러보는 것이다.

"일등이지, 언제 봐도 일등이라니까. 우리 조상은 참 훌륭도 했지."

박 첨지는 왕릉 건넛마을에 산다. 손바닥만 한 논배미•를 부치며• 느지막이 얻은 딸 금례(今禮)와 함께 근근이• 목숨을 이어가고 있다. 그러나 박 첨지는 사는 보람을 느끼고 있다. 자기네

---

첨지(僉知) 나이 많은 남자를 낮추어 일컫는 말.
망태기(網--) 물건을 담아 들거나 어깨에 메고 다닐 수 있도록 만든 자루. 주로 가는 새끼 등으로 엮거나 그물처럼 떠서 성기게 만든다.
두두룩하다 가운데가 솟아서 불룩하다.
위용(威容) 위엄찬 모양이나 모습.
논배미 논두렁으로 둘러싸인 논 하나하나의 구역.
부치다 논밭을 이용하여 농사를 짓다.
근근이(僅僅-) 어렵사리 겨우.

조상이 임금이라는 자랑, 그러니까 자기네 박씨가 일등이라는 자랑을 가슴에 지니고 상투를 기르며, 왕릉을 돌보는 것으로 큰 낙을 삼고 있는 것이다. 그래서 박 첨지를 능지기• 영감이라고 부르기도 하고, 더러는 상투쟁이 영감이라고 부르기도 한다. 누가 시키는 일도 아니고, 무슨 대가가 있는 것도 아닌데, 비가 오면 삿갓을 쓰고, 눈이 오면 감발•을 하고, 박 첨지는 하루도 거르는 일 없이 능에 나타난다. 자기 집 마당은 지저분해도 상관없지만, 왕릉이 어질러져서는 안 되는 것이다. 그리고 하루라도 능의 위용을 우러러보지 않으면 못 견디는 것이다.

묘한 늙은이다.

이른 봄, 어느 날 새벽, 박 첨지는 목을 움츠리며 숲으로 들어섰다. 살에 감기는 바람결이 아직 쌀쌀했다. 숲속에 깔린 공기는 더욱 냉랭했다. 박 첨지는 서릿발이 희끗희끗 돋은 소나무 줄기 사이로 걸음을 옮기며 둘레둘레 사방을 살펴 나갔다. 밤새 한두 개씩 떨어진 솔방울밖에는 별로 손볼 것이 없었다. 어정어정 능께•로 걸어가다가,

"으?"

---

능지기(陵--) 능을 지키는 사람.

감발 발감개. 버선이나 양말 대신 발에 감는 좁고 긴 무명천. 주로 먼 길을 가거나 막일을 할 때 쓴다.

께 '그때 또는 장소에서 가까운 범위'의 뜻을 더하는 접미사.

걸음을 멈추었다. 솔밭 저쪽, 냇물로 내려가는 빈터에 웬 낯선 물건들이 놓여 있었던 것이다. 무슨 자동차 같기는 한데 좀 괴상하게 생긴 것이 여러 개 희뿌연 서리에 젖어 있었다. 그리고 잘 보니 천막도 두어 개 눈에 띄었다. 어제 해거름까지도 아무 일이 없었는데 어찌 된 일일까? 박 첨지는 망태기를 덜렁거리며 그쪽으로 잰걸음을 쳤다.

자동차에 틀림이 없었다. 그러나 지금까지 본 일이 없는, 바퀴가 여러 개 달린 괴상하게 큰 자동차였다. 그런 자동차가 여러 대 짐을 가득가득 싣고 있었다. 어떤 자동차의 등에는 무슨 연장인지 집게처럼 생긴 것이 우뚝 위로 솟구쳐 있기도 했다. 그리고 바퀴가 굵은 쇠사슬 같은 것으로 이어져 있고, 밭 가는 쟁기 비슷한 거창한 보습이 앞에 붙어 있는 얄궂은 차도 있었다. 멀뚱히 서서 두 눈을 돌렸다. 천막 속에서 사람이 하나 나타났던 것이다. 턱없이 키가 큰 사람이었다. 바람기가 이렇게 냉랭한데 윗도리는 러닝셔츠 한 장이었다. 그리고 무슨 사람인지 머리카락이 온통 물을 들인 것처럼 노오랬다. 그 사람과 시선이 마주치는 순간, 박 첨지는

"이!"

---

잰걸음 보폭이 짧고 빠른 걸음.

보습 땅을 갈아 흙덩이를 일으키는 데 쓰는 농기구. 삽 모양의 쇳조각으로 쟁기나 가래 등의 술바닥에 맞추어 끼운다.

가래 흙을 파헤치거나 떠서 던지는 기구.

술바닥 쟁기 끝에 보습을 대는 넓적하고 삐죽한 부분.

놀라지 않을 수 없었다. 눈도 노란 빛깔이었던 것이다. 움푹 꺼져 들어간 두 눈자위 속에서 노르스름한 눈동자가 기분 나쁘게 반질거리고 있었다. 꼭 고양이 눈깔 같았다. 박 첨지는 자기도 모르게 한 걸음 뒤로 물러섰다. 코는 또 왜 저렇게 클까? 좁다란 얼굴을 코가 온통 다 차지하고 있는 듯했다. 그 밑에 짧은 인중과 합죽한 입, 그리고 앞으로 휘어져 나온 뾰족한 턱.

"더럽게 생겨 먹었네."

박 첨지는 이맛살을 찡그리며 슬그머니 얼굴을 돌렸다. 박 첨지를 보자, 그 괴상한 사람은 씽끗 웃으며 휙! 하고 휘파람을 날렸다. 그리고 건들건들 냇물로 내려가는 것이었다. 물 위에 동녘 하늘이 불그레 어리고 있었다.

서양 사람이 왔다. 코가 삐쭉한 서양 병정들이 왕릉 옆에 자리를 잡고 있다는 소문이 온 마을에 퍼진 것은 해가 두어 뼘가량 떠올랐을 무렵이었다. 마을 사람들은 삼삼오오 떼를 지어서 왕릉으로 쏟아져 나갔다.

아버지의 밥상이 나자, 금례는 얼른 부엌으로 날랐다. 그리고 설거지를 서둘렀다. 서양 사람은 대체 코가 얼마나 크단 말

---

인중(人中) 코와 윗입술 사이에 오목하게 골이 진 곳.

합죽하다 이가 빠져 입술과 볼이 오므라져 있다.

삼삼오오(三三五五) 서너 사람 또는 대여섯 사람이 떼를 지어 다니거나 무슨 일을 함.

인가, 눈이 노랗다니 정말일까? 마음이 떨려서 일이 잘 손에 잡히지가 않았다. 그릇을 대강대강 물에 적셨다가 건져 내기가 바쁘게 부엌문 밖으로 아버지를 살폈다. 박 첨지는 마루에 나와 상투를 빳빳이 세우고 앉아서 무슨 화라도 난 사람처럼 담뱃대를 빡빡 빨고 있었다. 쉬 자리에서 일어날 것 같지가 않았다. 하는 수가 없었다. 금례는 허리에 동인 각띠를 발끈 조르고, 부엌 뒷문을 살며시 열었다. 그리고 울타리 구멍으로 빠졌다. 왕릉 숲에 사람들이 허옇게 끓고 있었다. 금례는 치마폭을 펄럭거리며 논길을 달렸다.

참 볼 만한 구경거리였다. 엄청나게 큰 보습을 앞에 단 얄궂은 차가 우르릉우르릉 소리를 지르며 흙을 밀고 있었다. 벌건 흙이 보습 앞에서 뭉클뭉클 보기 좋게 끓어 올랐다. 높은 데 흙을 깎아다가 낮은 자리로 갖다 밀어붙이는 것이었다. 그러고 나서 끼익— 소리를 내며 그 큰 덩치가 그 자리에서 뺑 방향을 바꾸어 돌아서는 것이 아닌가.

"참 희한하지예?"

"무슨 차가 저런 차가 다 있노."

"재주도 용하지예?"

---

쉬 '쉬이'의 준말. 쉽게.

동이다 끈이나 실 등으로 감거나 둘러 묶다.

각띠 옷 위로 가슴이나 허리에 둘러매는 끈의 총칭.

"발통도 얄궂게 생겼다."

"꼭 물레방아 돌아가는 것 안 같은교. 그죠?"

"글씨."

아낙네들은 이런 소리를 주고받으며 신기해하였다. 남정네들은 남정네들대로 공론이 자자했다.

"힘도 시제[세지]."

"황소 몇 마리 힘이나 될까?"

"서너 마리 힘은 안 되겠나."

"서너 마리? 이 사람아, 서너 마릴 가지고 저렇게 거창한 흙을 우째 밀어붙인다 말이고."

"그럼?"

"적어도 한 삼십 마리 힘은 될 끼다."

"뭐, 삼십 마리? 암만 그래도 그렇게사 안 될 끼다. 황소 한 마리 힘도 어디라고."

"허허 내……."

제일 좋아서 날뛰는 것은 역시 애들이었다. 애들의 눈에는 하나부터 열까지가 죄다 신기하고 이상스러웠다. 흙을 밀어다 붙이는 차는 물론이고, 짐을 잔뜩 싣고 있는 자동차들, 커다란 천막, 그리고 병정들의 옷에 달린 단추, 계급장, 신고 있는 구두,

---

발통 '바퀴'의 사투리.

공론(公論) 여럿이 의논함. 또는 그런 의논.

심지어는 무엇을 씹고 있는 그 입놀림까지가 신기해서 못 견디었다.

"멀 저렇게 씹어 쌓노?"

"글씨."

"맛있게 씹어 쌓제?"

"잉, 딱딱 소리가 난다. 그쟈?"

"잉."

금례는 처음엔 아낙네들의 뒤에 서서 구경을 했다. 그러다가 어느덧 그녀들의 앞으로 나와 서 있었다. 속눈썹이 짙은 서글서글한 두 눈을 곧장 깜짝거리며 애들 못지않게 재미있어했다. 가장 재미나는 것은 땅 고르는• 차를 운전하고 있는 병정이었다. 작업모를 눌러쓴 그 병정은 차가 아낙네들이 서 있는 쪽으로 가까워질 때마다 휙! 휘익! 걸렁한 휘파람을 날려 댔다. 그리고 혼자 뭐라고 씨부렁거리며• 능글능글 대구• 웃는 것이었다. 그 웃는 눈이 분명히 노르스름한 빛깔이었다. 작업모 밑으로 나와 있는 머리카락도 치자• 물을 들인 것처럼 노오랬다. 그리고 온 얼굴을 차지하고 있는 듯한 겁나게 큰 코. 금례는 등골이 으스스 떨리는 것 같았다. 징그럽고 얄궂었다. 그러나 어쩐 일인지 돌

---

고르다 울퉁불퉁한 것을 평평하게 하거나 들쭉날쭉한 것을 가지런하게 하다.

씨부렁거리다 주책없이 쓸데없는 말을 함부로 자꾸 지껄이다.

대구 '대고'의 사투리. 무리하게 자꾸. 또는 계속하여 자꾸.

치자(梔子) 치자나무의 열매. 열을 내리는 작용이 있어 약재로 쓰며, 노란색 물감의 원료로도 쓰인다.

아서고 싶지가 않았다. 구경꾼들이 하나 둘 자리를 뜨기 시작했으나 금례는 언제까지나 그 자리에 서 있었다.

"자식 참 코도 억씨기 크제."

삼단 같은 치렁치렁한 머리채를 어깨 위로 드리우고 빨간 댕기를 곧장 만지작거리며 저만큼 멀어져 간 차가 다시 가까워져 오기를 기다리곤 했다.

서양 병정들이 능 옆에 자리를 잡은 뒤부터 박 첨지는 아침저녁 하루 두 번씩 나가던 능을 세 번이고 네 번이고 틈이 나는 대로 가서 돌보지 않으면 마음이 놓이질 않게 되었다. 병정들이 자리잡은 터에는 어른의 키 두 배나 됨 직한 높다란 철망이 빙 둘러 쳐졌다. 그러니 병정들이 나와서 능을 어쩔까 하는 걱정은 별로 없었으나 마을 조무래기들이 말썽이었다. 병정들이 온 뒤부터 노상 능에서 들끓는 것이었다. 학교에 안 가는 것들은 아침 밥술을 놓기가 바빴고, 학교에 다니는 녀석들은 돌아와 책보를 내던지기가 바빴다. 뛰어가는 동작들도 전과는 달랐다. 전에는 뛴다 해도 고작 주먹을 쥐는 정도였으나 요즘 능으로 뛰어

---

**억씨기** '억세다'의 사투리. 그 정도가 아주 높거나 심하다. 매우.
**삼단** 삼을 묶은 단. '삼단 같은 머리'는 '숱이 많고 긴 머리'를 가리킴.
**조무래기** 어린아이들을 낮잡아 이르는 말.
**노상** 언제나 변함없이 한 모양으로 줄곧.
**밥술** 밥숟가락.
**책보(冊褓)** 책을 싸는 보자기. 오늘날의 책가방.

가는 걸 보면 고개를 까딱까딱 놀리며 토끼 새끼처럼 깡충거리는 것이 일쑤였다. 입에 무엇인지 잘강잘강 씹을 것이라도 들었을 경우에는 더욱 무르팍을 높이 쳐들며 깡충거렸다. 저희들 세상을 만난 것 같았다. 저희들이야 무르팍을 올려 뛰든지 내려 뛰든지 능에서 곱게만 놀아 주면 무슨 상관이 있으랴. 그러나 애들은 어디를 가나 곱게 놀아 주질 않았다. 그들이 놀고 난 자리에는 으레 골칫거리가 생겨 있었다. 무엇을 했는지 땅바닥이 여기저기 후벼 파졌는가 하면 나뭇가지가 우지끈 부러져 있기도 하고, 종이 부스러기는 물론 지푸라기나 새끼 오리 같은 것이 지저분하게 흩어져 있기도 했다. 한 번은 애들이 놀고 난 뒤치다꺼리를 하다가 박 첨지는 그만 쭉 미끄러졌다. 똥이었다. 어떤 녀석이 볼일을 보았으면 개라도 좋아하게 그대로 둘 일이지 그게 뭐라고 풀을 뜯어서 얌전히 덮어 놓았던 것이다. 박 첨지는 뒤치다꺼리를 하느라고 가뜩이나 심사가 고약한 판인데 화가 치밀지 않을 수 없었다. 누우런 것이 묻은 짚세기 바닥을 풀숲에 문질러 대며,

"이누묵 손들 어디 두고 보자. 밑구녁을 안 째 놓는가구마."

---

잘강잘강 질긴 물건을 잘게 자꾸 씹는 모양.
새끼 짚으로 꼬아 줄처럼 만든 것.
오리 실, 나무, 대 등의 가늘고 긴 조각.
짚세기 짚신.
손 '사내아이'의 사투리.
밑구녁 밑구녕. '항문'의 사투리.

하고 이맛살을 꿈틀거렸다.

그런 일이 있은 다음부터 박 첨지는 능에 나갈 때마다 큼직한 작대기를 하나 질질 끌고 나가는 것이었다.

들길에 아지랑이가 아른거리는 따스한 어느 날 오후였다. 박 첨지는 작대기를 질질 끌며,

"만고강산 어으! 유라암할 제……."

하고 어슬렁어슬렁 왕릉을 향해 걸었다.

"삼신산이 어디메뇨."

제법 콧구멍을 벌름거리며 가락을 뽑아 나가던 박 첨지는 왕릉 제단에 웬 사람들이 모여 들끓고 있는 것이 눈에 띄자, 삼신산이고 뭐고 다 걷어치워 버렸다. 그리고 잰걸음을 쳤다.

서양 병정들이었다. 서양 병정들이 대여섯 사람 능 앞에 마련되어 있는 돌 제단에다가 무엇인가를 푸지게 풀어 헤쳐 놓고 떠들어 대며 먹고 있는 것이었다. 제단에 궁둥이를 반쯤 걸치고 앉아서 원숭이처럼 무엇을 까서는 곧장 입으로 가져가는 자가

---

아지랑이 주로 봄날 햇빛이 강하게 쬘 때 공기가 공중에서 아른아른 움직이는 현상.
만고강산(萬古江山) 강산을 유람하며 절경을 찬탄한 단가의 하나. 중모리장단에 맞춰 부르며, '만고강산 유람할 제 삼신산이 어디메뇨.'로 시작한다.
삼신산(三神山) 중국 전설에 나오는 봉래산, 방장산, 영주산을 통틀어 이르는 말. 진시황과 한무제가 불로불사약을 구하기 위하여 동남동녀 수천 명을 보냈다고 한다. 이 이름을 본떠 우리나라의 금강산을 봉래산, 지리산을 방장산, 한라산을 영주산이라 이르기도 한다.
불로불사약(不老不死藥) 늙지도 않고 죽지도 않게 하는 약.
동남동녀(童男童女) 남자아이와 여자아이를 아울러 이르는 말.
제단(祭壇) 제사를 지내는 단.
푸지다 매우 많아서 넉넉하다.

있는가 하면 능에 비스듬히 기대앉아서 깡통을 빨고 있는 자도 있고, 제단 가에 엎드려서 무엇인가 날름날름 핥으며 장딴지를 흔들고 있는 자, 번듯이 드러누워서 방정맞게 손짓을 해 가며 휘파람을 불고 있는 자…… 저희들 세상처럼 멋대로 놀고 있었다. 그리고 마을 조무래기들이 빙 둘러서서 입에 손가락들을 물고 있는 것이 아닌가.

"음—."

박 첨지는 신음 소리 같은 것이 목구멍을 기어 올라오는 것을 어쩌지 못했다. 작대기를 쥔 손에 절로 힘이 주어지는 것이었다. 그러나 소나무 그늘에 우뚝 멈추어 서서 잠시 그들의 하는 수작을 지켜보았다. 능에 기대앉아서 깡통을 빨고 있던 작자가 별안간 무슨 생각이 떠올랐는지 입에서 깡통을 떼더니 마을 조무래기들을 향해 번쩍 쳐드는 것이었다. 그러자 아이들은,

"나 주이소!"

"나 주이소!"

"할로 할로, 나 주이소예!"

하고 손을 내밀며 떠들어 댔다.

작자는 빙글빙글 웃으면서 깡통을 휙! 아이들 머리 위로 날렸다. 하늘로 솟아오른 깡통이 포물선을 그으며 날아가자, 아이

---

할로 Hello. 허물없는 인사 또는 남의 주의를 끌 때 하는 '야', '잠깐' 정도의 뜻을 지닌 영어.
포물선(拋物線) 물체가 반원 모양을 그리며 날아가는 선.

들은 와— 소리를 지르며 앞을 다투어 몰려갔다. 깡통이 땅에 떨어지자 아이들은 사정없이 그 위로 덮치는 것이었다.

"으앗핫핫하……."

작자는 재미가 나서 못 견디겠는 모양이었다. 그러자 제단에 궁둥이를 걸치고 앉아서 원숭이처럼 무엇을 곧장 까먹고 있던 자가,

"헤이 차식틀아[자식들아]!"

하고 입에 손가락을 넣더니 후익— 괴상하게 큰 휘파람을 날렸다.

깡통은 결사적인 한 아이의 차지가 되고 딴 아이들은 괴상한 휘파람 소리에 모두 얼굴을 들었다. 얼굴들이 빨갛게 상기되어 있었다. 휘파람을 분 병정은 이번에는 자기가 아이들을 향해 무엇인가를 던지기 시작했다. 빠딱빠딱한• 종이에 싸인 것이 핑! 하고 공중으로 날아오르자 아이들은 다시 와— 하고 정신없이 설쳤다.

박 첨지는 그 이상 더 보고 있을 수가 없었다. 이마에 거꾸로 여덟팔 자를 세우며 작대기를 번쩍 쳐들었다. 어린애 주먹만 한 상투도 곤두섰다.

"이누묵 손들아—!"

고함 소리가 숲속에 쩌렁 울렸다.

---

빠딱빠딱하다 빠닥빠닥하다. 지폐나 종이 등이 구김살 없이 빳빳하다.

"이 빌어묵을 손들……."

박 첨지는 콧구멍을 벌름거리며 아이들을 향해 냅다 달려가고 있었다.

박 첨지가 작대기를 쳐들고 달려오는 것을 보자 아이들은 모두 눈이 휘둥그레졌다. 그리고 다음 순간 그들은 메뚜기 튀듯 사방으로 보기 좋게 뺑소니를 쳤다. 뺑소니를 치면서도 어떤 녀석이,

"상투쟁이 영감—."

하고 소리를 질렀다. 그러자 다른 아이들도 일제히,

"상투쟁이 영감—."

하고 받았다.

"아— 나 잡아라, 능지기 영감—."

"아— 나 잡아라, 능지기 영감—."

박 첨지는 화가 상투 끝까지 올라서 곧장 두 눈을 굴렁거리며 작대기를 휘둘렀다. 그러나 숨이 차서 한 놈도 따를 수가 없었다.

이 광경을 본 서양 병정들은 모두 손뼉을 치며 웃어 댔다.

"헤이 영캄! 하바하바—."

"챱아라 챱아라……."

"후익— 후익—."

어떤 병정은 얼른 카메라를 꺼내더니 찰각찰각 사진을 찍어 대는 것이었다.

마을의 밤은 호젓했다[•]. 가물가물 등잔불이 켜졌다가는 가물가물 한 개씩 꺼져 갔다. 그리고 마을은 어둠 속에 고요히 가라앉는 것이었다. 이따금 멀리 신작로를 향해 개 짖는 소리가 고요한 밤하늘을 흔들어 놓을 뿐이었다.

그러나 서양 병정들이 들어온 뒤부터는 마을의 밤도 그렇게 호젓할 수만은 없었다. 이 집 저 집의 아랫방에서 등잔불이 아닌 눈부시게 밝은 불빛이 쏟아져 나오기 시작했다. 그 불빛은 서양 병정들이 자리 잡은 곳으로부터 가느다란 줄을 통해서 오는 것이었다.

눈부시게 밝은 불빛이 쏟아져 나오는 방문에는 또 으레 지금까지 이 마을에서는 볼 수 없던 가지각색의 얼룩덜룩한 베 조각이 드리워졌다. 그리고 어디서 왔는지 꼭 그 베 조각 같은 계집들이 그 방을 하나씩 차지하고 들어앉았다. 그 계집들은 밤과 낮의 구별도 없었다. 언제나 팔다리와 앞가슴을 헤치고 있었다. 치마는 으레 무릎 위에 오는 것이었고, 남자의 속잠방이[•] 같은 것을 아무렇지도 않게 끼고 있었다. 얼굴에는 또 왜 그렇게 요란하게 황칠[•]들을 하는지 정말 가관이었다. 그런 꼬락서니들을 하고 예사로 마을을 쏘다니는 것이었다.

---

호젓하다 후미져서 무서움을 느낄 만큼 고요하다.
속잠방이 아랫도리 옷의 맨 속에 입는 잠방이.
잠방이 가랑이가 무릎까지 내려오도록 짧게 만든 홑바지.
황칠 '환칠'의 사투리. 되는대로 얼룩덜룩하게 칠함. 또는 그런 칠.

"양깔보—."

"똥깔보—."

아이들이 얌전히 입을 다물고 있을 리가 없었다. 마을 노인네들은 세상은 다 된 세상이라고 한숨을 짓기도 했다. 누구보다도 비위가 상해서 못 견디는 것은 박 첨지였다. 그러잖아도 왕릉이 어지러워져서 심사가 온전하지 못한 판인데 이건 또 어디서 낮도깨비 같은 것들까지 굴러와서 마을을 뒤흔들어 놓다니……. 가뜩이나 큰 콧구멍을 더욱 벌름거리며 이마에 거꾸로 여덟팔 자를 세웠다. 박 첨지가 남달리 이맛살을 찌푸리며 못마땅해하는 데에는 그만한 까닭이 또 있었다. 금례 때문이었다. 서양 병정들이 들어오고, 마을에 그 도깨비 같은 계집들이 몰려든 뒤로부터 어딘지 모르게 금례의 몸가짐도 조금씩 수상해지는 것 같았다. 우선 그 입술부터가 그랬다. 전에는 별로 눈에 띄게 붉지가 않았는데 요즘은 아무래도 좀 그 빛깔이 수상한 것이다. 그 계집들처럼 그렇게 진한 빛깔은 아니었으나 그런 종류의 붉은 빛임에는 틀림없었다. 그리고 전에는 참빗으로 빗어 넘겨 반질반질 곱기만 하던 머리숱이 요즘은 어쩐지 좀 곱슬곱슬해진 것 같았다. 가르마도 마찬가지였다. 전에는 콧잔등이로부터 직선

---

양깔보(洋--) 양갈보. 서양 사람에게 몸을 파는 여자를 속되게 이르는 말.
똥깔보 똥갈보. 남자에게 몸을 파는 여자를 속되게 이르는 말.
심사(心事) 사람이나 사물에 대해 일어나는 어떤 감정이나 생각.
낮도깨비 체면 없이 마구 행동하는 사람을 비유적으로 이르는 말.
참빗 빗살이 아주 가늘고 촘촘한 빗.

을 그어 올라간 듯 반듯하기만 하던 가르마가 요즘은 자꾸 옆으로 비스듬히 기울어져 나가고 있는 것이다. 그리고 틈만 있으면 거울을 들여다보는 것이 일쑤고, 그렇지 않으면 이웃으로 훌쩍 뛰쳐나가는 것이었다. 그런 눈치를 챈 박 첨지는 금례를 볼 때마다 무슨 화라도 난 사람처럼 두 눈을 크게 떴고, 재떨이에 담뱃재를 떨 때에도 전에 없이 큰 소리가 나게 땅땅 두들기는 것이었다. 그러나 금례는 조금도 수그러지지가 않았다. 오히려 날이 갈수록 더해지는 것만 같았다. 그것도 그럴 수밖에 없는 것이 눈에 보이는 것과 귀에 들리는 것이 갈수록 어지러워지기만 하니 말이다. 무엇보다도 금례의 마음을 걷잡을 수 없게 흔들어 놓은 것은 밤마다 이웃 도깨비네 방에서 일어나는 야릇한 곡조의 노랫소리와 망측한[●] 광경이었다. 남의 가슴속을 공연히 지근지근하게[●] 긁어 일으키는 것만 같은 그 근질근질한 노랫소리가 들려오면 금례는 오금이 재려서[⚜] 가만히 배겨 앉아 있을 수가 없었다. 아버지의 눈을 피해서 어떻게든지 자리를 뜨고야 마는 것이었다.

베 조각을 드리워 놓았다고는 하나 그 베 조각이라는 것이 형편없이 엷은 것이고, 또 방 안의 불빛이 굉장히 밝은 것이고 보면 아무래도 실내의 광경이 방문에 비치지 않을 수가 없었다.

---

망측하다(罔測--) 정상적인 상태에서 어그러져 어이가 없거나 차마 보기가 어렵다.

지근지근하다 성가실 정도로 자꾸 은근히 귀찮게 굴다.

⚜ 오금이 재려서 '오금이 저리다'의 사투리로, '오금이 저리다'는 '저지른 잘못이 들통이 날까 마음을 졸이다'를 뜻한다. 여기에서는 문맥상 '안절부절못하며 가만히 있지 못하다'를 의미한다.

꼭 활동사진을 보는 것 같았다. 장승 같은 녀석이 땅개 같은 계집을 안고 빙빙 돌아가는 것이었다. 그러다가는 비스듬히 나가떨어져서 그 거창한 코로 납작한 코를 사정없이 내리누르기 시작하는 것이었다. 노랫소리도 숨이 가빠서 헐떡거리기 시작했다. 이런 광경을 거의 매일 밤이다시피 울타리 구멍으로나 담너머로 바라보게 되는 금례인지라, 그녀의 가슴속이 온전할 리가 없었다. 침을 아무리 삼켜도 할할거리는 숨결을 누를 수가 없어 때로는 사정없이 허벅살을 꼬집어 뜯으며 울타리 그늘에서 벌겋게 달아오르기도 했다.

날씨가 차차 더워지기 시작하자 그 얼룩덜룩한 베 조각이 드리워진 방문들이 밤으로도 활짝 열렸다. 방문을 활짝 열어 놓고도 그 수작들을 서슴지 않는 것이었다. 그뿐이 아니었다. 방 안이 답답해지자 이번에는 시원한 밤하늘을 찾아 나서는 것이었다. 냇기슭이 가장 알맞은 장소였고, 왕릉의 숲속도 괜찮은 장소가 되었다. 왕릉 숲이 그런 장소가 되어 가고 있다는 말을 듣자 박 첨지는 눈에 심지를 세웠다. 그리고 입에 거품을 물며,

"개 같은 연놈들, 물건을 뽑아 놓아야지."

---

활동사진(活動寫眞) '영화'의 옛 용어. 움직이는 사진이란 뜻으로, 무성 영화와 같은 초기 영화를 이르는 말로도 쓰인다.

무성 영화(無聲映畵) 인물의 대사, 음향 효과 등의 소리가 없이 영상만으로 된 영화.

땅개 키가 아주 작은 개. 여기에서는 '키가 작은 사람'을 뜻함.

할할거리다 숨이 차서 숨을 자꾸 고르지 않게 쉬다.

물건(物件) 남자의 성기를 완곡하게 이르는 말.

하고 뇌까렸다.•

왕릉을 그렇게 알뜰하게 돌보는 박 첨지였으나 밤으로까지 찾아 나가는 일은 거의 없었다. 달이 너무 밝아서 죽은 할미 생각이라도 나는 때이면 그저 바람 쐬기 겸 어정어정 걸음이 가는 대로 숲으로 나가서 달빛에 젖은 두두룩한 능의 둘레를 돌며 시름을 잊고 돌아오는 수는 더러 있었으나, 밤으로 누가 왕릉을 어쩔까 해서 찾아 나가는 일은 전혀 없었다. 그런데 세상이 지랄 같이 되고 보니 밤으로까지 보살피러 나가지 않으면 안 되게 된 것이다. 물론 작대기를 끌고 나가는 것이었다. 그러나 말이 그렇지 아무리 박 첨지라고 해도 남이 좋아하는 것을 그렇게 마구잡이로 다룰 수는 없는 일이었다. 숲속의 호젓한 그늘 같은 데서 뒹굴고 있는 것들에 대해서는 침이나 한 번 뱉고 못 본 척 지나쳐 주었다. 능만 다치지 않으면 선심을 써 주는 수밖에 없는 것이었다. 박 첨지가 그렇게 선심을 쓰면 저쪽에서도 좀 체면을 차려 주어야 할 일이었다. 그러나 그것들은 염치가 없었다.

어느 날 밤이었다. 하늘에는 솜을 한 뭉치씩 뜯어서 던져 놓은 것 같은 구름이 여기저기 흩어져 있었다. 그 사이로 달이 지나가고 있었다. 구름 속으로 달이 묻혀 버리면 사방은 앞을 잘 분간할 수가 없을 만큼 어두워졌고, 구름 속에서 달이 빠져나오

---

뇌까리다 불쾌하다고 생각되는 상대방의 말이나 행동, 태도에 대하여 불쾌하다는 뜻을 담은 말을 거듭해서 자꾸 말하다.

면 사방은 다시 환하게 밝아지는 그런 밤이었다.

박 첨지가 왕릉 숲에 이르렀을 때는 마침 달이 구름 속에 묻혀 들어간 때여서 숲 속은 어두웠다. 능의 봉우리를 바라보았으나 그저 어둠 속에 희미한 자태가 느껴질 뿐, 별다른 무엇이 눈에 띄지가 않았다. 박 첨지는 능 곁으로 가 앉아 옆구리에서 담뱃대를 뽑았다. 어디서 무슨 인기척 같은 것이 들리는 듯했으나 박 첨지는 예사로 여기고 득! 성냥을 그어 담배에 불을 붙였다. 밤 숲에 나와 앉아 담배를 빠는 것도 별미여서 박 첨지는 콧구멍으로 연신 연기를 내뿜었다. 그러고 앉아서 박 첨지는 난데없이 올 가을에는 아무래도 데릴사위를 보아야지, 그래서 함께 왕릉을 지키고 또 외손자를 보아서 대를 물리고, 이런 생각을 했다. 이런 생각을 하고 있는데 어디선가 킬킬킬 웃는 소리와 함께 곧 자지러지는 소리가 들렸다. 박 첨지는 입에서 담뱃대를 쑥 뽑으며 두 귀를 번쩍 세웠다. 먼 곳이 아니었다. 바로 가까운 곳에서 소리가 들려오고 있었다. 박 첨지는 숨을 죽이며 가만히 자리에서 일어났다. 머리 위에서 들리는 것 같았다. 고개를 들었다. 능 위였다. 분명히 왕릉의 두두룩한 봉우리 위에서 그 소리는 일어나고 있는 것이었다. 박 첨지는 온몸의 피가 얼굴로 치솟는 것 같았다.

---

연신 잇따라 자꾸.

데릴사위 처가에서 데리고 사는 사위.

자지러지다 (소리가) 듣기에 짜릿한 느낌이 들 정도로 격렬해지거나 빨라지다.

바로 그때였다. 검은 구름 속에서 달이 불쑥 비어져 나왔다. 사방은 별안간 환하게 밝아졌다. 어둠 속에 자태를 감추고 있던 왕릉도 수묵으로 그린 듯이 선명하게 드러났다. 선명하게 드러난 봉우리의 맨 꼭대기를 바라보는 박 첨지의 두 눈은 무섭게 위로 찢어져 올라갔다. 온몸이 와들와들 떨렸다.

"에라잇! 개 같은 연놈들아!"

박 첨지의 어디서 그런 아귀찬 소리가 나오는지 몰랐다. 밤하늘이 쩌렁 울렸다.

"빨리 못 내려올 끼가구마!"

담뱃대를 옆구리에 쿡 찌르고 작대기를 두 손으로 불끈 틀어쥐었다. 그리고 두 다리를 벌리고 서서 능 위를 무섭게 쏘아보는 것이었다.

자지러져 가던 두 그림자도 놀랐는지 후닥닥 자리에서 뛰어 일어났다. 일어나더니 계집은 얼른 저쪽 너머로 사라졌고, 사내 녀석은 아랫도리를 끌어 올리며,

"까땜! 싸나가뱃치!"

하고 고함을 지르는 것이었다.

새까만 얼굴이었다. 새까만 얼굴에 하얀 이가 달빛을 받아 유

---

비어지다 가려져 속에 있던 것이 밖으로 내밀어 나오다.

수묵(水墨) 빛이 엷은 먹물.

아귀차다 휘어잡기 어려울 만큼 벅차다.

까땜! 싸나가뱃치! Goddamn, son of a bitch. '빌어먹을, 개자식'이란 뜻의 영어 욕.

난히 빛났다. 박 첨지는 작대기를 번쩍 높이 쳐들며,

"뭐가 어째? 이누묵 자식아! 이리 내려오라니까구마. 단번에 때리눕혀 놓을 끼이."

그러자 새까만 얼굴은 별안간 입을 크게 벌리며,

"왓핫핫하……."

웃어 젖히는 것이었다. 그러고 나서,

"후익—."

괴상한 휘파람을 날리더니 한 걸음 한 걸음 이쪽으로 내려오기 시작하는 것이 아닌가. 박 첨지는 온몸이 바짝 굳어지는 것 같았다. 작대기를 틀어쥔 손아귀에 더욱 힘을 주었다. 그러나 어찌 된 셈인지 자꾸 팔이 떨렸다. 아랫도리도 더욱 덜덜거렸다. 한 걸음 한 걸음 내려오던 새까만 얼굴이 경사가 급해지자 우뚝 멈추어 서더니 두 팔을 위로 번쩍 쳐들고 곧 달려 내려와 덤벼들 시늉을 하며,

"오케이?"

소리를 지르는 것이었다. 그 두 눈은 웃음을 띠고 있기는 했으나 달빛을 받아 무섭게 번들거렸다.

"영캄! 오케이?"

그러자 버티고 섰던 박 첨지의 두 다리가 형편없이 흔들렸다.

"뭐가 우째? 뭐가 우째?"

하면서도 곧장 슬금슬금 뒷걸음을 치는 것이었다.

새까만 얼굴은 허연 이빨을 몽땅 드러내 보이며 기분 나쁘게

웃었다. 그리고 다음 순간,

"후익—."

괴상한 휘파람 소리와 함께 급한 경사를 요란스럽게 굴러 내려오는 것이었다. 꼭 한 마리의 사나운 짐승 같았다. 박 첨지는 질겁하고 마구 뺑소니를 치지 않을 수 없었다. 잠시 씩씩거리며 도망을 치다가 무슨 물줄기 같은 소리에 뒤를 돌아보았다. 능 위에서 굴러 내려온 새까만 얼굴은 뒤쫓아 올 생각은 않고 그 자리에 서서 볼일을 보고 있는 것이었다. 박 첨지가 돌아보자 새까만 얼굴은 킬킬킬 웃으며 물건을 박 첨지 쪽으로 번쩍 쳐드는 것이 아닌가. 거창한 오줌발이었다. 달빛을 받아 번쩍번쩍 빛나고 있었다.

"저 개 같은 놈 보래. 이누묵 자식아—."

박 첨지는 다시 고함을 질렀다.

"이리 안 올래구마! 이리 안 올래구마!"

작대기로 공연한 땅바닥만 탕탕 두들기며,

"단번에 때리눕혀 놓을 끼이, 단번에……."

하고 떵떵 울리는 것이었다.

그날 밤, 박 첨지는 밤이 이슥하도록 잠을 이루지 못했다. 세상은 참 더럽게 된 세상이라고 두 눈을 멀뚱거리며 곧장 한숨을 쉬곤 했다. 조상네에게 죄스러워서 견딜 수가 없는 것이었다. 이 일을 어떻게 하면 좋을는지 궁리에 궁리가 꼬리를 이었다.

첫닭이 홰를 칠 무렵에야 박 첨지는 무슨 묘안이라도 떠오른 듯 옳다! 그러면 되겠구나 하고 중얼거렸다. 그제야 잠이 쏟아지는 것이었다. 이튿날 아침, 박 첨지는 상투에 물을 묻혀 새로 반듯하게 틀어 올렸다. 그리고 조반상을 물리기가 바쁘게 활개를 치며 집을 나서는 것이었다. 윗마을을 향해 가는 것이었다. 윗마을 박 진사네 집 대문에 이르자 박 첨지는 짚신에 묻은 흙을 털었다. 그리고 조심스레 대문을 밀었다. 사랑에 앉은 박 진사는 방금 조반상을 물린 듯 그르륵 트림을 하며 긴 담뱃대에 불을 붙이고 있었다. 박 첨지를 보자,

"아침부터 우짠 일인가?"

하고 허연 수염을 쓰다듬어 내렸다.

"진사 어른!"

박 첨지는 마루 끝에 궁둥이를 걸치며 대뜸,

"야단났심더."

했다.

"야단나다니?"

박 진사는 약간 이맛살을 찡그렸다.

"왕릉이 말이 아닙니더. 서양 병정놈들 때문에……."

---

첫닭 새벽에 맨 처음 우는 닭.
홰 새장이나 닭장 속에 새나 닭이 올라앉게 가로질러 놓은 나무 막대.
묘안(妙案) 뛰어나게 좋은 생각.
조반상(朝飯床) 아침밥을 차린 상.
사랑(舍廊) 집의 안채와 떨어져 있는, 바깥주인이 거처하며 손님을 접대하는 곳.

"와, 무슨 일이 있었는가?"

"아 글씨, 왕릉을 무신 저거들의 놀음 장손 줄 아는 모양이지예. 왕릉 제단에다가 음식을 벌려 놓고 지랄뻥을 하는가 하면 밤으로는 또……."

"밤으로는 뭘 우짠단 말인가?"

"아 글씨……."

"뭘 우짜는데?"

"헐레●를 붙지⚜ 않겠능교. 그 빌어묵을 것들이, 왕릉 위에서……."

"뭐? 왕릉 위에서 헐레를?"

"예, 내 참 기가 막혀서……."

"음—."

박 진사의 허연 수염이 덜덜 떨렸다.

"담을 쌓아야 되겠심더. 아무래도……."

"……."

"뻥 둘러 가며 담을 쌓아 놓아야지 안 그러다간 절단● 나겠심더."

말없이 듣고 있던 박 진사는,

"그러세. 담을 쌓도록 허세."

---

헐레 '짝짓기'의 사투리. 동물 등의 암수가 짝을 이루거나 교미하는 행위.

⚜ 헐레를 붙지 성관계를 맺지.

절단 결딴. 어떤 일이나 물건 등이 아주 망가져서 도무지 손을 쓸 수 없게 된 상태.

했다. 그리고,

"고이얀 것들 같으니라구."

하고 내뱉으며 담뱃대로 재떨이를 땅땅 두들기는 것이었다.

박씨 문중● 회의가 소집된 것은 그로부터 며칠 뒤의 일이었고, 그 모임에 붙여서 왕릉의 담 쌓기 문제는 마침내 결정을 보았다. 왕릉의 둘레에 사람이 뛰어넘을 수 없을 만한 높은 담을 쌓는다는 것은 예사로운● 노릇이 아니라고 난색●을 하는 이가 많았으나, 박 첨지의 열을 띤 목소리 앞엔 아무도 감히 맞서질 못하는 것이었다. 그래서 결국 왕릉의 담 쌓는 역사(役事)●의 총책임을 박 첨지가 도맡게 되었다. 부락●별로 부역●을 나오는 순차도 구체적으로 의합●을 보았다. 회의를 가진 그 이튿날부터 담 쌓기 역사는 즉각 시작되었다. 일이 시작되자 박 첨지는 누구보다도 얼굴에 활기가 넘쳤다. 순차에 따라 부역을 나오는 문중의 젊은네들의 앞장을 서서 이마에 구슬땀을 흘리는 것이었다. 아침으로도 여느 때보다 훨씬 일찍 일어났다. 날이 아직 새기도 전에 일어나서 세수를 하고 금례를 깨우는 것이었다. 그러니까 조반

---

문중(門中) 성(姓)과 본(本)이 같은 가까운 집안.
 본(本) 관향. 한 가계의 맨 처음이 되는 조상인 시조가 난 곳.
예사롭다(例事--) 흔히 있을 만하다.
난색(難色) 꺼리거나 어려워하는 기색.
역사(役事) 토목이나 건축 등의 공사.
부락(部落) 시골에서 여러 민가가 모여 이룬 마을.
부역(赴役) 국가나 공공단체가 특정한 공익사업을 위해 국민에게 의무적으로 지우는 일. 여기에서는 '왕릉의 담 쌓는 역사'를 의미함.
의합(意合) 뜻이나 마음이 서로 맞음.

도 여느 때보다 월등히 일렀다. 남들은 이제 겨우 일어나 기지개를 켤 무렵, 박 첨지는 벌써 지게를 지고 왕릉으로 나가고 있는 것이었다. 이렇게 집을 나가면 하늘에 별이 돋아나야만 돌아오는 것이었다. 그러니까 점심도 내가야만 되었다. 매일 꼭두새벽에 일어나 아침밥을 짓고, 점심을 차려서 왕릉까지 이고 나가느라고 금례도 꽤 애를 먹었다. 그러나 그 반면에 덕을 보는 점도 컸다. 종일을 안심하고 제멋대로 놀아날 수가 있는 것이었다. 금례는 아버지의 눈치를 살피는 일 없이 이웃으로 쏘다닐 수 있게 된 것을 무엇보다도 다행으로 여겼다. 밤으로 울타리가에서나 담 너머로만 듣던 그 야릇한 곡조의 노랫소리를 직접 그 방으로 찾아가서 들을 수가 있게 되었고, 그 얄궂은 계집들과 친해져서 여러 가지 이상스러운 맛이 혀끝에 감기는 서양 병정들의 과자를 얻어 씹을 수가 있었고, 그녀들이 사용하는 갖가지 서양 화장품을 조금씩 찍어서 얼굴에 바르며 그 기가 막히는 향기에 두 눈을 스르르 감기도 했다. 그리고 그녀들이 밤으로 서양 병정과 함께 끌어안고 돌아가는 괴상한 춤을 조금씩 배우며 킬킬킬 웃어 대기도 하는 것이었다. 날이 갈수록 금례의 화장은 그녀들을 닮아 갔고, 치렁치렁 땋아 늘인 머리도 조금씩 조금씩 짧아져 가는 것이었다.

박 첨지는 왕릉의 역사에 정신이 팔려서 금례의 그러한 변모•

---

변모(變貌) 모양이나 모습이 달라지거나 바뀜. 또는 그 모양이나 모습.

가 잘 눈에 띄질 않았다. 저녁에 돌아오면 밥술을 놓기가 바쁘게 나가떨어져서 드르릉드르릉 코를 골아 대는 것이었다. 그러니까 금례는 저녁으로도 살금살금 마을을 다닐 수가 있었다. 서양 병정이 자러 오지 않은 방을 찾아가서 밤이 이슥토록 히히거리며 놀다가 돌아오는 것이었다. 한번은 그렇게 이슥토록 히히거리다가 돌아오는 길에 그만 서양 병정에게 덥석 끌어안긴 일이 있었다. 골무샅•을 꺾어 도는 판인데 장승처럼 커다란 그림자가 우뚝 앞으로 다가서는 것이었다. 술내가 물씬 풍겼다. 금례는 놀라 얼른 돌아서 달아나려 했다. 그러나 이미 서양 병정은 금례의 허리를 불끈 안고 있었다. 금례는 질겁하고 몸을 뒤틀었다. 하나 소용이 없었다. 서양 병정은 능글능글한 코를 금례의 목덜미에 갖다가 연신 문질러 대는 것이었다. 그때 마침 마을 노인 한 사람이 에헴! 하고 골목길로 들어섰기 망정이지 그렇지 않았더라면 무슨 변을 당할는지 모를 뻔했다. 정신없이 집으로 도망쳐 온 금례는 그날 밤, 아무래도 잠을 이룰 수가 없었다. 곧장 가슴이 두근거리고 정신이 얼얼한 것이었다. 그러면서도 서양 병정이 코를 문질러 대던 목덜미께가 이상스럽게 스멀거렸다•. 서양 병정의 몸에서 풍기던 노릿한• 냄새도 코끝에서 야

---

골무샅 '고샅'의 사투리. 시골 마을의 좁은 골목길. 또는 골목 사이.
스멀거리다 살갗에 벌레가 자꾸 기어가는 것처럼 근질근질하다.
노릿하다 동물의 고기나 털 등의 단백질이 타는 것처럼 냄새가 약간 역겹다.

릇하게 감돌았다. 그런 일이 있은 뒤에도 금례는 두려움 없이 밤마을을 다니는 것이었다. 으슥한 골무샅을 혼자 걸으면서 오히려 또 한 번 서양 병정과 부딪쳐 보았으면 싶은 생각이 머리를 쳐들기도 하는 것이었다.

왕릉의 담 쌓기 역사는 의외에도 빨리 진척이 되지 않았다. 부역꾼들의 수효도 날이 갈수록 줄고 일하는 품도 하루하루 시들해 갔지만, 그 거창한 능의 둘레에 담을 쌓아 올리는 일이 애당초 그렇게 만만한 일이 아니었던 것이다. 한 달이 거의 되었으나 담은 이제 겨우 두어 뼘가량밖에 높아지지 않았다. 그러나 박 첨지는 조금도 꺾이는 기색이 없었다.

"오늘은 또 와 이 사람들밖에 안 나왔노? 시러베아들 놈들 같으니, 조상의 무덤도 하나 옳게 지킬 생각을 못 하는 것들이 새끼사 어지간히 까질러 놓더구나."

이렇게 핏대를 세우며 부역꾼들의 앞장을 서는 것이었다. 젊은네들처럼 많은 분량의 흙을 질 수는 없었으나, 그들이 두 번 나를 때에 박 첨지는 세 번이고 네 번이고 져다 나르는 것이었다.

그렇게 박 첨지가 앞장을 서서 일을 하고 있는 어느 날 오후, 서양 병정 한 사람이 성큼성큼 이쪽을 향해서 걸어오는 것이었

---

밤마을 밤에 이웃이나 집 가까운 곳에 놀러 가는 일.
진척(進陟) 일이 목적한 방향대로 진행되어 감.
품 행동이나 말씨에서 드러나는 태도나 됨됨이.
시러베아들 시러베자식. 실없는 사람을 낮잡아 이르는 말.

다. 일하던 사람들은 모두 무슨 일인가 싶어서 잠시 일손들을 멈추고 이마에 내밴 땀을 씻었다. 가까이 온 서양 병정은 박 첨지 앞으로 다가서더니 가볍게 거수경례를 붙이며 싱긋 웃는 것이었다. 모자에는 은으로 만든 것 같은 네모진 것이 두 개 빤득거리고 있었다. 다른 부역꾼들은 모두 얼굴에 웃음을 띠며 그 서양 병정을 바라보는데, 박 첨지만은 이 녀석은 또 무슨 짓을 하러 나타난 것일까 싶은지 약간 화가 난 사람처럼 뚝뚝한 표정을 지었다. 거수경례를 붙이고 난 서양 병정은 여전히 웃음을 띤 얼굴로 손짓을 섞어 가며 무어라고 띄엄띄엄 지껄이기 시작했다. 그러나 무슨 말을 하는지 알아들을 수가 없어 모두 등신처럼 그의 손짓과 표정만 바라보고 있었다. 할 말을 다 했는지 서양 병정은

"오케이?"

하고 다지는 것이었다.

오케이라는 말만은 모두 귀에 익은 말이어서, 서로 얼굴을 마주 보며 수군거리자 서양 병정은

"노인 오케이?"

---

거수경례(擧手敬禮) 오른손을 들어 올려서 하는 경례. 손바닥을 곧게 펴서, 모자를 썼을 때는 손끝을 모자 챙 옆까지, 쓰지 않았을 때는 눈썹 언저리까지 올린다.

빤득거리다 물체 등에 반사된 작은 빛이 잠깐씩 자꾸 나타나다.

뚝뚝하다 무뚝뚝하다. 말이나 행동, 표정 등이 부드럽고 상냥스러운 면이 없어 정답지가 않다.

등신(等神) 나무, 돌, 흙, 쇠 등으로 만든 사람의 형상이라는 뜻으로, 몹시 어리석은 사람을 낮잡아 이르는 말.

다지다 뒷말이 없도록 단단히 강조하거나 확인하다.

또 한 번 다지는 것이었다. 부드러운 목소리로 보나 그 표정으로 보나 결코 해로운 일은 아닌 것 같았다. 그러나 무엇을 어쩌라는 것인지 알 수가 없어 박 첨지는 두 눈을 껌벅거리며 멍청하게 서 있기만 했다. 그러자 젊은 축에서 누군가가

"오케!"

하고 덩달아 소리를 질러 버렸다.

서양 병정은 대답을 한 사람 쪽을 돌아보며 빙그레 웃었다. 그리고

"오케이, 오케이."

하고 고개를 끄덕거리며 돌아서 가는 것이었다.

지금까지의 서양 병정들과는 어딘지 모르게 달랐다. 점잖은 품이 흐르는 것이었다.

"장교 아니가."

"그렇나?"

"그것도 아직 모르나? 은으로 만든 거 두 개면 대위 아니가."

"아, 대위가? 글씨 좀 다르다 싶으더라."

젊은네들이 주고받는 소리를 들으며 박 첨지는 멀어져 가는 서양 병정의 후리후리한 뒷모습을 가만히 바라보고 있었다. 그러나 무엇 때문에 왔다 가는지 그 속셈을 알 수가 없어 역시 불안했다.

잠시 후 서양 병정들이 자리를 잡고 있는 곳에서 트럭 한 대가 굴러 나오기 시작했다. 등에 무엇인지 집게처럼 생긴 괴상한

기계가 우뚝 솟구쳐 있는 트럭이었다. 트럭은 정문을 빠져나와 부릉 부르릉 소리를 지르며 냇물 쪽으로 내려가는 것이었다. 냇가에 가서 정거를 한 트럭은 등에 솟구친 기계를 움직이기 시작했다. 끼익— 하고 소리를 지르며 기계가 아가리를 짝 벌렸다. 흡사 사람의 손 같았다. 끼익— 소리와 함께 그 기계가 서서히 아래로 내려가더니 덜컥! 하고 땅에 푹 처박히는 것이었다. 그리고 다시 끼익— 위로 솟구쳐 올랐다. 솟구쳐 오르는데 보니 그 기계의 손아귀에 흙이 가득 담겨 있는 것이 아닌가. 그 흙을 트럭 위의 궤짝에 갖다가 좔 쏟는 것이었다. 그렇게 여러 번을 되풀이하는 것이었다. 이 광경을 본 부역꾼들은 아까 그 서양 병정이 무슨 말을 하고 갔는지 비로소 짐작이 가는 것이었다. 고개들을 끄덕거리며 서로 마주 보고 흐뭇하게 웃었다. 박 첨지도 남달리 큰 콧구멍을 하늘로 쳐들며 흐— 웃었다. 흙을 수북하게 퍼 실은 트럭이 덜커덩덜커덩 냇가에서 기어 나와 왕릉 쪽으로 굴러오자 부역꾼들은 모두 일손을 멈추고 트럭을 맞았다. 트럭은 부역꾼들께로 와서 정거를 하더니 부르릉— 하고 냅다 소리를 질렀다. 그러자 흙을 실은 등의 궤짝이 벌떡 곤두서는 것이 아닌가. 자갈과 흙이 한꺼번에 좌르르— 쏟아져 내렸다.

"야—."

"야—."

"희한하다, 희한해—."

모두 놀라 입을 딱 벌렸다. 박 첨지도 상투를 곧장 끄덕이며

"좌우간 이상한 작자들이라니까. 이상한 작자들……."
하고 중얼거렸다.

담 높이가 서너 뼘가량 되었을 무렵, 뜻밖의 일이 일어났다. 참 의외의 일이었다. 박 첨지는 처음엔 자기의 눈을 의심했다. 그러나 그것은 틀림없는 사실이었다. 하룻밤 사이에 서양 병정들이 어디론지 감쪽같이 떠나 버리고 만 것이었다. 여느 날처럼 누구보다도 먼저 왕릉으로 나온 박 첨지는 서양 병정들이 자리를 잡고 있던 터가 텅 비어 있는 것을 보고 깜짝 놀랐다. 그 여러 개 되던 천막도, 그렇게 많던 자동차도 어디론지 죄다 사라져 버리고 없었다. 빙 둘러쳐졌던 철망도 깨끗이 걷혀 버렸다. 못쓰게 된 판자 조각이나 종이 상자, 혹은 깡통 같은 것만 더러 흩어져 있을 따름이었다. 어쩌면 그 많은 병정들이 하룻밤 사이에 이렇게 거짓말처럼 떠나 버릴 수가 있을까? 박 첨지는 어처구니가 없어

"허허―."

웃었다. 그리고

"정말 이상한 작자들이라니까……."

하고 중얼거렸다.

서양 병정들이 떠나 버리자 왕릉의 담 쌓기 역사는 절로 흐지부지되고 말았다. 박 첨지는 화가 나서 이 마을 저 마을을 쫓아다녔으나 결국 허사였다. 쌓아 올리던 담이니 마저 쌓아 올려야

지 하고 말들은 했으나 아무도 일을 하러 나와 주질 않는 것이었다. 박 첨지는 주먹을 흔들면서

"조상의 무덤도 모르는 시러베아들 놈들! 시러베아들 놈들!" 하고 뱉어 붙였으나 별수가 없었다.

왕릉의 담은 서너 뼘 높이에서 그쳐 버리고 말았다.

서양 병정들이 떠나자 마을에서는 얼룩덜룩한 베 조각들이 하나 둘 걷히기 시작했다. 짐을 꾸려 가지고 그 계집들도 어디론지 떠나가는 것이었다. 그 계집들이 하나 둘 마을에서 자취를 감추기 시작하자 누구보다도 좋아하는 것은 박 첨지였다. 그 낮도깨비 같은 꼬락서니들을 보지 않게 되어 속이 다 쑥 내려간다고

"으으윽—."

게트림*을 하며 콧구멍을 벌름거리는 것이었다. 이제 우리 금례도 다시 차분해지겠지. 올 가을에는 어떤 일이 있어도 서방을 맞춰 주어서 얼른 손자를 보아야지 싶은 것이었다. 그러나 천만의 말씀이었다. 박 첨지는 어느 날 아침, 얼굴이 노오랗게 질려 버리고 말았다.

아버님, 용서하여 주이소. 돈을 많이 벌어 갖고 돌아오겠심더. 불효 여식 금례 올림—

---

게트림 거만스럽게 거드름을 피우며 하는 트림.

머리말에 이런 쪽지가 놓여 있었던 것이다. 그것을 한 자 한 자 뜯어 읽고 난 박 첨지는 눈알이 노오래지는 것을 느끼며 뒤로 벌떡 넘어지고 말았다. 그로부터 꼬박 사흘 동안 박 첨지는 자리에 누워 두문불출하였다. 금례가 옷 보따리를 싸 들고 양갈보들을 따라 도망을 쳤다는 소문이 마을에 퍼지자, 박 첨지는 고개를 들고 다닐 수가 없었다. 아침저녁, 왕릉으로 나갈 때도 남의 눈을 피해서 살짝 마을을 빠져나가곤 하는 것이었다.

고마운 것은 세월이었다. 세월이 흘러감에 따라 차차 마을 사람들도 도망친 금례를 잊어 주었고, 박 첨지도 한숨과 함께 모든 것을 팔자소관으로 돌려 버릴 수가 있었다. 이따금 바람결에 금례의 소문이 흘러오기도 했으나, 그럴 때마다 박 첨지는 언제 자기에게 그런 딸년이 있었더냐 하고 얼굴을 돌려 버리는 것이었다. 그러나 박 첨지는 아무래도 내던져 버릴 수가 없는 한 가지 일이 있었다. 왕릉을 지킬 후손이 끊어진다는 사실이었다. 데릴사위를 보아서 왕릉을 돌보게 하고, 또 그 손자를 키워서 능을 지키게 하려고 했던 것이 어쩌면 이렇게 덧없이 되어 버리고 마는지 알 수가 없었다. 그래서 박 첨지는 해 질 녘이면 쌓아 올리다 그만둔 왕릉의 담 옆에 서서 넋 나간 사람처럼 먼 산을 바라보는 버릇을 지니게 되었다. 봄철이나 가을철 같은 때 징징

---

두문불출하다(杜門不出--) 집에만 있고 바깥출입을 아니하다.

팔자소관(八字所關) 타고난 운수로 인하여 어쩔 수 없이 당하는 일.

징— 하고 먼 마을에서 풍물 치는 소리라도 흘러올라치면 박 첨지는 한숨과 함께 언제까지나 그 자리를 떠날 줄을 모르는 것이었다. 그리고 박 첨지는 한 해 한 해 놀랄 만큼 초췌해 갔다.

가을이었다. 누우렇게 익은 벼 이삭이 바람에 우쭐우쭐 시원한 물결을 이루고 있었다. 여기저기서 새보는 소리가 한가롭게 들렸다. 박 첨지는 논배미에 허수아비를 한 개 만들어다 세우고 있었다. 얼굴이 거창하게 큰 허수아비였다. 그것을 논 한가운데에 꽂아 놓고 밖으로 나온 박 첨지는 논둑에 앉아 담뱃대에 불을 붙였다. 그리고 빼끔빼끔 담배를 빨며 허수아비를 바라보았다.

"그놈 신수가 꼭 나 같구나. 콧구멍은 와 저렇게 우로[위로] 붙었노. 히히히……."

혼자 킬룩킬룩 웃고 있는데, 저만큼 신작로에 버스가 한 대 지나가다가 서는 것이었다. 박 첨지는 무심히 그쪽으로 시선을 돌렸다. 버스에서 웬 멋쟁이 여자가 한 사람 어린아이를 데리고 내리는 것이 보였다. 두 사람을 내려놓고 버스는 다시 부르릉— 먼지를 날리며 달려가는 것이었다. 버스에서 내린 여자는 잠시 자리에 서서 머리랑 옷을 매만졌다. 그리고 어린아이의 손을 잡고 논길로 접어드는 것이었다. 한 손에는 웬 빨간 빛깔의

---

새보다 논밭의 곡식이나, 멍석에 펴 놓은 곡식에 날아드는 새를 쫓기 위해 지키다.
신수(身手) 용모와 풍채를 통틀어 이르는 말.

백이 들려 있었다. 박 첨지는 저런 멋쟁이 여자가 마을을 찾아 오는가 싶어서 자리에서 일어났다.

"후여 딱딱 후여—."

"아랫녘 새는 아랫녘으로 후여 딱딱 후여—."

"후여 후여 후여—."

새 쫓는 소리가 여기저기서 시끌짝했다. 점점 가까워져 오는 여자를 바라보고 있던 박 첨지는 별안간 표정이 이지러졌다. 두 눈썹이 꿈틀꿈틀 움직이더니 이마에 여덟팔 자가 거꾸로 푹 패는 것이었다. 가까워져 오던 여자도 박 첨지를 보자 주춤하는 것이었다. 그러더니 다음 순간, 잰걸음으로 다가오며

"아부님!"

하고 소리를 지르는 것이었다.

금례였던 것이다. 금례는 박 첨지 앞으로 다가서며

"아부님, 그동안……."

하고 말끝을 흐렸다. 그리고 방긋 웃었다. 그러나 그 눈에는 분명히 눈물이 핑 돌고 있었다. 박 첨지는

"음—."

하고 입을 꾹 다문 채 금례의 모습을 무섭게 뜯어보는 것이었다.

그 반질반질하던 숱 좋은 머리는 어디로 가고 꼭 새집 쑤셔

---

이지러지다 불쾌한 감정 등으로 얼굴이 일그러지다.

놓은 것 같은 머리가 어깨를 덮고 있었다. 치마는 무릎이 곧 내다보일 것만 같은 짧은 것이었고, 굽 높은 빨간 구두를 신고 있었다. 그리고 꼭 몇 해 전 그 낮도깨비들 같은 얼굴 화장— 그건 그렇다 치고 이 녀석은 도대체 어떻게 된 녀석이란 말인가? 박 첨지는 금례가 손을 잡고 있는 어린아이를 내려다보았다. 파란 운동모자를 쓰고 있었다. 그런데 눈깔이 노란 빛깔이 아닌가. 운동모자 밑으로 내다보이는 머리칼도 노릿노릿했다. 박 첨지가 어린아이를 내려다보자 금례는

"철아, 외할아버지시다. 인사드려."

하는 것이었다.

그러자 어린아이는 냉큼 운동모자를 벗더니 고개를 까딱 숙이고 나서 박 첨지를 쳐다보며 노란 눈으로 생글 웃는 것이었다. 꼭 노랑 탱자• 같았다. 박 첨지는 으음— 하고 그만 울상을 하며 고개를 무겁게 돌려 버리는 것이었다.

금례가 서양 병정의 아이를 낳아 가지고 돌아왔다는 소문이 퍼지자 마을 사람들은 무슨 경사라도 생긴 것처럼 시시덕거리며 박 첨지네 집으로 모여들었다. 그러나 박 첨지네 사립문은 안으로 굳게 닫혀 있었다. 결국 마을 사람들은 울타리 밖에서 안을 기웃거리는 수밖에 없었다. 어린아이가 오줌이라도 누러 방문을 열고 나올라치면 마을 사람들은,

---

탱자 탱자나무의 열매. 향기가 좋으며 약용하기도 한다.

"자, 얼굴 좀 보이소. 꼭 서양 병정들 닮았지예?"

"그 씨를 받았는데 그럼 안 닮을까?"

"히히히……. 입 있는 덴 저거 어메를 좀 닮았지예?"

"그렇구만."

"귀엽게는 생겼네예."

"글씨, 박 첨지 외손자 잘 봤구만."

"핫핫하……."

"헷헷헤……."

하고 떠들어 댔다. 조무래기들은 울타리에 구멍을 뚫고 얼굴을 들이밀기도 했다.

금례가 튀기를 데리고 돌아온 날부터 꼬박 나흘 동안 박 첨지는 침식을 전폐하고 누워서 천장만 뚫어지게 바라보고 있었다. 아무리 생각해도 이제 목을 매는 수밖에 없을 것 같았다. 마을 사람들에게 낯이 없을 뿐 아니라 조상네에게 죄스러워서 도저히 살 수가 있을 것 같지 않았다. 닷새째 되는 날 아침, 박 첨지는 결심을 하고 자리에서 일어났다. 아버지가 일어나는 것을 보자 금례는 얼굴에 화기가 돌았다. 세숫물을 방으로 떠다 바친다, 새 수건을 내다 바친다, 야단이었다. 그러나 박 첨지는 조금

---

튀기 '혼혈인'을 낮잡아 이르는 말.

침식(寢食) 잠자는 일과 먹는 일.

전폐하다(全廢--) 아주 그만두다. 또는 모두 없애다.

화기(和氣) 생기 있는 기색.

도 표정이 풀어지질 않았다. 움푹 꺼져 들어간 두 눈자위에 어두운 그림자가 그대로 서려 있었다. 그리고 물을 묻혀서 새로 반듯하게 상투를 틀어 올리는 손이 경련을 일으킨 듯 가늘게 떨렸다. 조반을 몇 술 뜨고, 담배를 몇 모금 빨았다. 그리고 박 첨지는 넋이 나간 사람처럼 멀뚱히 벽에 기대 앉아 있었다. 아침나절을 그렇게 앉아 있다가 점심도 한 술 떴다. 그리고 박 첨지는 방문을 열고 비실비실 바깥으로 나가는 것이었다. 마지막으로 왕릉을 한 바퀴 돌아보자는 심산이었다. 어지러웠다. 그러나 박 첨지는 어금니를 물고 마루 끝에 가 앉아서 발에 짚신을 꿰었다. 그때였다.

"외할아버지!"

하고 부르는 소리가 들렸다.

박 첨지는 얼른 소리 나는 쪽을 바라보았다. 물론 외손자라는 녀석이었다. 그런데 그 녀석이 어디에서 소리를 지르는가 하면 뒷간 곁에 있는 거름 더미 위에서였다. 보리갈이 때 쓰려고 틈틈이 풀을 베다 쌓아 올린 두두룩한 거름 더미 위에 올라가서 노란 녀석이 쪼그리고 앉았다가 박 첨지를 보자 날 좀 보라는 듯이 소리를 지르며 발딱 일어서는 것이었다. 그리고 조그마한 엉덩이를 좌우로 간들간들 흔들며 생글생글 웃는 것이 아닌가. 어

---

심산(心算) 속셈. 마음속으로 하는 궁리나 계획.

보리갈이 보리를 심기 위하여 논이나 밭을 가는 일.

이가 없었다. 박 첨지는 등골을 타고 내려가는 싸늘한 기운을 느끼며

"음—."

신음 소리를 했다. 그러자 노란 녀석이 빨간 혀를 쏙 내밀어 보였다. 박 첨지는 가볍게 치를 떨었다. 그리고 그 순간 죽어서는 안 된다는 생각이 번쩍 머리를 스치고 지나가는 것이었다. 죽더라도 왕릉의 담을 마저 쌓아 올려놓고 죽어야 된다는 생각이었다. 작대기나 짚고 마지막으로 왕릉을 한 바퀴 돌아보려던 박 첨지는 뒤꼍으로 돌아가 지게를 지고 나서는 것이었다. 금례가 그것을 보고,

"아부님, 뭐 하실라고 그러십니꾜? 몸도 편찮으신데 누워 계시지예."

근심스럽게 만류를 했으나 박 첨지는 들은 척도 하지 않았다. 아랫도리가 약간 휘청거렸으나 단단히 어금니를 물고 집을 나서는 것이었다. 왕릉을 향해 어정어정 걸어가던 박 첨지는 또

"외할아버지!"

하고 부르는 소리에 걸음을 멈추고 슬그머니 뒤를 돌아보았다. 노란 녀석이 두 손을 양쪽 호주머니에 찌르고 간들간들 따라오고 있는 것이었다. 박 첨지는 염라대왕 같은 상을 지으며 주먹

---

뒤꼍 집 뒤에 있는 뜰이나 마당.
만류(挽留) 붙들고 못하게 말림.

하나를 번쩍 처들어 보였다.

"이누묵 손아! 어딜 따라오노, 어딜……."

그러자 아이는 노란 두 눈을 동그랗게 뜨고 박 첨지를 바라보더니 또 빨간 혓바닥을 쏙 내밀어 보이는 것이었다. 박 첨지는 하도 같잖고• 어이가 없어서

"허―."

해 버렸다. 그리고

"으음―."

하며 돌아서서 능을 향해 휘청휘청 잰걸음을 쳤다.

두두룩한 왕릉의 위용이 저만큼 바라보이자 박 첨지는 가슴이 뻐근해서• 견딜 수가 없었다. 두 눈에 뜨거운 것이 핑 도는 것이었다. 전에 없던 일이었다. 박 첨지는 녹아 나오는 코를 팽하고 풀어 던졌다. 그리고 어금니를 지그시 물었다. 쌓아 올리다가 그만둔 담은 그나마 비바람에 씻겨 군데군데 허물어져 가고 있었다. 그것을 바라보는 박 첨지는 오늘따라 견딜 수 없는 노여움이 왈칵 치밀어 오르는 것이었다.

"시러베아들 놈들, 시러베아들 놈들……."

박 첨지는 곧장 중얼거리며 냇기슭으로 내려가 지게에 흙을 퍼 담기 시작했다. 뒤따라온 아이는 처음으로 와 보는 숲이 신

---

같잖다 하는 짓이나 꼴이 제격에 맞지 않고 눈꼴사납다.
빼근하다 어떤 느낌으로 꽉 차서 가슴이 빼개지는 듯하다.

기한지 나무 사이를 요리조리 누비고 다녔다.

가을 해는 짧았다. 어느새 서녘 하늘이 물들기 시작했다. 박 첨지는 오늘의 마지막 짐을 지고 일어섰다. 아랫도리가 사정없이 흔들렸다. 그러나 박 첨지는,

"시러베아들 놈들!"

하고 아랫배에 힘을 주며 뚜벅뚜벅 걸었다. 다리가 휘청거리고 눈앞이 어질어질했다. 그러나 용케 몸을 가누며 걸음을 옮기는 것이었다. 때마침 먼 마을에서 징징징 풍물 치는 소리가 은은히 흘러오기 시작했다. 박 첨지는 그 소리를 들으며 아랫배에 더욱 힘을 주었다. 흙을 부릴 장소까지 거의 이르렀을 때였다.

"외할아버지이—."

아이 녀석의 부르는 소리가 들렸다. 그런데 그 소리가 바로 눈앞의 높은 곳에서 들려오는 것이 아닌가. 박 첨지는 고개를 번쩍 쳐들었다. 왕릉에서였다. 왕릉의 두두룩한 어깨쯤을 애녀석이 기어오르고 있는 것이었다. 기어오르다가 박 첨지를 내려다보며 노란 눈으로 생글 웃는 것이었다. 박 첨지는 온몸의 피가 왈칵 얼굴로 솟구치는 것 같았다.

"저누묵 호로새끼! 이리 안 내려올 끼가! 앙?"

숲 속이 쩌렁 울리도록 핏대를 세웠다. 그러나 아이는 곧장

---

부리다 사람의 등에 지거나 자동차나 배 등에 실었던 것을 내려놓다.
호로새끼 호래자식. 배운 데 없이 막되게 자라 교양이나 버릇이 없는 사람을 낮잡아 이르는 말.

생글생글 웃으며 빨간 혓바닥을 날름날름 내보이는 것이었다.

"앙? 안 내려올 끼가!"

박 첨지는 꼭 실성한 사람 같았다. 지게를 받칠 생각도 않고 마구 앞으로 내달으려는 것이었다. 내달아질 리가 만무했다. 아랫도리가 휘청 꺾이는 것이었다. 그리고 눈앞이 노오랗게 빙 돌았다. 박 첨지는 지게를 진 채 앞으로 고목처럼 꿍! 나가떨어지고 마는 것이었다. 흙과 지게 밑에 깔린 박 첨지는 두 손을 뻗어 풀을 쥐어뜯으며 허옇게 이를 악물었다. 상투가 바르르 떨렸다. 이 광경을 내려다보며 애 녀석은

"헤헤헤헤……."

노오랗게 웃고 있었다.

징— 징징징징— 가물가물 멀어져 가는 박 첨지의 귀에 먼 마을에서 흘러오는 풍물 소리가 길게 여운을 남기며 사라지고 있었다.

■ 『전후 정예작가 신작 15인집』(육민사, 1963) ; 『하근찬 선집』(현대문학, 2011)

---

만무하다(萬無--) 절대로 없다.

# ●등장인물 들여다보기

### 박 첨지

박 첨지는 아침저녁으로 조상의 묘인 박씨 왕릉을 찾아가 풀도 베고 잔디도 두루 살핍니다. 참으로 조상을 섬기는 마음이 남다르지요. 비록 손바닥만 한 논배미를 부치며 근근이 살아가지만, 조상을 자랑스럽게 여기는 마음만큼은 누구에게도 뒤지지 않아요. 그런데 어느 날 왕릉 옆에 미군이 주둔하기 시작하면서 위기를 겪게 됩니다. 바로 '고양이 눈깔' 같은 '노르스름한 눈'을 가진 서양 병정들 때문이지요. 그들은 왕릉의 가치도 몰라보고 제단에 걸터앉아 무언가를 먹기도 하고, 심지어는 야밤에 왕릉에서 남녀가 뒹굴기도 하는 것이었어요. 임금을 배출한 뼈대 있는 가문의 박 첨지로서는 도저히 용납할 수 없는 무례한 짓이었지요. 박 첨지는 그들로부터 왕릉을 보호하기 위해 가문 사람들을 설득하여 왕릉 주위에 담을 쌓는 일에 매진합니다.

박 첨지는 또한 데릴사위를 보아 왕릉을 돌보게 하고, 또 손자를 키워 능을 지키게 하려고 마음먹고 있습니다. 그만큼 현대화해 가는 시대의 변화와 타협하지 않는 인물이지요. 하지만 이걸 어쩌나! 박 첨지의 하나뿐인 딸 금례가 마을의 양색시에게서 접한 미국 문화에 홀딱 빠져 집을 나가 버리고 맙니다. 금례의 가출로 박 첨지의 소망은 허망하게 무너져 버렸지요. 박 첨지는 딸에 대한 수치심과 실망으로 몸져누울 지경이었습니다. 완고한 박 첨지로서는 얌전치 못한 딸의 행동을 도저히 눈감아 줄 수 없었지요.

세월이 흘러감에 따라 박 첨지는 겨우 기운을 차렸습니다. 그런데 이번에는 금례가 혼혈 손자를 데리고 오면서 또 다시 혼란에 휩싸입니다. 그는 자신을 외할아버지라고 부르는 손자가 왕릉에 기어올라가 노는 것을 보고 피가 거꾸로 솟지요. 결국 박 첨지는 그토록 믿고 아끼던 왕릉 앞에서 고목같이 나가떨어지고 맙니다.

박 첨지는 왕릉으로 상징되는 '전통', '조상', '혈연'과 같은 가치를 절대적으로 신뢰했고, 그것을 후대에 물려주는 일을 자신의 사명으로 여기고 있었지요. 그만큼 서양 문화가 밀려오는 세태와 타협할 줄 모르는 고집쟁이 전통주의자라고 할 수 있어요.

### 금례

보수적이고 완고한 박 첨지의 외동딸인 금례는 어느 날 미군과 함께 미군을 상대하는 '양갈보'들이 마을에 들어오면서 변화에 휘말리기 시작해요. 밤마다 양색시들의 집으로 놀러 나가서 미국 노래를 듣고 서양 과자도 얻어먹고 서양 화장품도 찍어 바르며 미국 문화에 홀딱 빠져 버리죠. 금례는 미국 음악을 들으면 자기도 모르게 가슴이 뛰고 오금이 저리고, 미국의 화장품 냄새에 두 눈을 스르르 감기도 해요. 이것은 곧 서양의 문물에 사로잡혀 가는 모습이라고 할 수 있어요. 변모하는 세태에 눈을 감아 버리는 완고한 박 첨지와는 대조적인 모습을 보이고 있지요. 결국 금례는 돈을 많이 벌어서 돌아오겠다는 쪽지만을 남기고 집을 나가 버립니다.

그러고는 시간이 많이 흐른 어느 날, 외모가 서양인을 닮은 아들을 데리고 나타납니다. 사실 금례가 성매매와 관련이 있는지는 확실히 알 수 없지만, 남편 없이 혼자 아이만 데리고 돌아온 것을 보면 당시 미군을 상대로 한 성매매 여성들의 일반적인 운명과 닮아 있어요. 이제 마을에는 금례가 서양 병정, 즉 미군의 아이를 낳아 가지고 돌아왔다는 소문이 퍼집니다. 혈통의 훼손을 죽어도 인정할 수 없었던 박 첨지는 식음을 전폐하고 조상에게 죄스러워 목을 매는 수밖에 없다고 생각하지요. 금례가 성매매와는 무관하다고 해도, 혼혈 아이의 출산은 박 첨지에게 혈통의 순수함 나아가 민족적 순결함의 훼손을 의미하니까요.

하지만 금례는 아버지 박 첨지와 성격이 아주 대조적이지요. 우선 금례가 '돈을 많이 벌겠다'고 한 것은 그녀가 전통보다는 물질주의 또는 서구적인 가치관을 우선시하고 있음을 드러냅니다. 미군의 주둔으로 인해 마을에 새로 퍼지게 된 성의 상품화, 성매매라는 현실은 전후의 혼란스러운 현실 속에서 서구의 발달한 물질문명에 휩쓸린 현상과 깊이 관련되어 있다고 할 수 있는데요, 금례는 이러한 현실의 흐름에 재빨리 적응하는 여성으로 보입니다. 또한 금례가 집으로 돌아온 이유는 잘 알 수 없지만, 아버지 앞에 나타난 그녀의 화려한 차림과 "철아, 외할아버지시다. 인사드려." 하고 아이를 박 첨지에게 인사시키는 것을 보면, 혼혈 아이를 데리고 돌아온 것에 대한 마을 사람들의 따가운 시선을 이겨 낼 수 있을 만큼 겁이 없고 배짱이 두둑하다는 인상이 듭니다.

## ● 작품 Q&A

### "선생님, 궁금해요!"

**Q 이 작품은 '왕릉과 주둔군'이라는 제목처럼 박 첨지와 미군 사이의 갈등을 두드러지게 다루고 있는데요, 이런 상황이 벌어지게 된 사회적 배경에 대해 알고 싶어요.**

A 1945년 제2차 세계 대전에서 일본이 패배하자 일본군의 무장 해제를 이유로 북한에는 소련군이 들어오고, 남한에는 미군이 들어오게 되었어요. 그 후 1948년에 남한과 북한에 따로따로 정부가 수립되면서 미군과 소련군은 철수했고요. 그러다가 6 · 25 전쟁이 일어나 남한에는 유엔군 사령부가 들어섰는데, 이것은 유엔이란 이름만 붙었을 뿐 미군 사령부나 마찬가지였고 이때부터 미군의 한국 주둔이 시작되었지요. 미군 주둔은 힘없는 나라 한국이 미국의 직접적인 영향권 안에 들어 있다는 상징으로 볼 수도 있어요.

그런데 미국은 군대만 주둔시킨 것이 아니라 경제적인 원조를 통해 한국이 미국에 경제적으로 의존하도록 했어요. 이를테면 미군에게 한국인 여성이 성 상품을 제공한다는 것도 미국의 월등한 경제력에 한국이 종속되어 있는 상황을 나타낸다고 볼 수 있지요. 그러다 보니 미국의 문물이나 대중문화가 물밀듯 밀려오게 되고, 사람들은 금례가 그러했듯이 미국을 동경하고 모방하면서 아메리칸드림을 꿈꾸기 시작했어요. 미국은 한국을 식민지로서 통치한 것은 아니지만 그에 못지않은 영향을 행사하게 된 것인데요, 그래서 어떤 사람은 식민지 통치를 받던 일본을 제국주의라고 부르는 한편, 해방 후에 지배력을 행사한 미국을 신제국주의라고도 부르기도 했답니다.

이 작품은 6 · 25 전쟁 이후를 시대적 배경으로 삼고 있어요. 이 작품이 발표된 1963년은 이러한 미국의 영향력을 피부로 느낄 수 있었던 시대였지요. 작가 하근찬은 옛날부터 내려오는 문화유산인 '왕릉'과 외세의 상징인 '주둔군'을 뚜렷하게 대조시킴으로써 미국의 입김에 흔들리는 약소국 한국의 운명을 드러내고자 했어요. 따라서 박 첨지와 미군의 갈등은 미국과 한국이라는 국가 대 국가, 민족 대 민족의 대립 관계를 암시하고 있다고 볼 수 있습니다.

**Q 박 첨지와 미군의 대립은 미군의 철수로 싱겁게 끝나 버려요. 첨예할 수도 있는 양측의 갈등이 무뎌진 까닭은 무엇일까요?**

**A** 이 작품은 강대국 미국과 그 지배권 아래 놓인 한국의 상황을 그리고 있는데요, 그 속에서 박 첨지와 미군이 벌이는 갈등에는 좀 석연치 않은 점이 있습니다. 왜냐하면 유감스럽게도 박 첨지는 미군을 적대시하지만, 미군은 이를 아랑곳하지 않으니까요. 처음부터 미군은 박 첨지라는 보잘것없는 노인이 외지인인 자신들을 그토록 싫어하리라고는 짐작도 못했겠지요. 더구나 미군이 포클레인을 동원해 왕릉 주변의 담 쌓는 작업을 도와주면서 사태는 이상하게 흘러갑니다.

박 첨지에게 담을 쌓는 행위는 미군에 대한 거북함과 저항감을 표출하는 것임에도, 그는 얼떨결에 미군의 뛰어난 기계와 기술의 도움을 받게 되었어요. 미군이 고생하는 박 첨지를 안쓰럽게 생각했는지, 아니면 그냥 재미로 도와주었는지는 모르겠지만, 어쨌든 자기 일을 도와주니까 박 첨지는 졸지에 적에게 도움을 받는 처지가 되어 버린 셈이잖아요. 게다가 미군이 철수해 버리자, 그나마 박 첨지 혼자만의 갈등의 원인도 사라져 버리지요.

사실 박 첨지가 극심한 위기감을 느끼고 있음에도 긴장감이 떨어지는 이유는 위기를 가져다준 당사자인 미군이 담을 쌓는 것에 별로 개의치 않는다는 데 있어요. 다시 말해 지배자로 군림하는 미군에게는 전통을 지키려는 박 첨지라는 노인의 존재나 문화유산으로서의 왕릉의 가치가 전혀 시야에 들어오지 않고 있지요. 결국 박 첨지와 미군 사이에는 왕릉에 대해 어떠한 인식의 공유도 이루어지지 않아요. 게다가 옛것에 집착하는 시대착오적이고 봉건적인 박 첨지의 성향 때문에 우리 문화유산에 대한 미군의 몰이해를 제대로 비판하기는커녕 도리어 애면글면하는 그의 모습이 우스꽝스럽고 주관적으로만 보이지요. 이런 까닭으로 실은 첨예해질 수도 있는 갈등이 한 번의 해프닝처럼 끝나 버리고 맙니다.

**Q 박 첨지와 달리 금례는 주둔한 미군 병사들에 대해 거부감보다는 매혹을 느끼고 있어요. 박 첨지는 어째서 왕릉의 담을 쌓는 데만 신경을 쓰고, 금례가 미군 및 미국 문화에 빠져드는 것을 막지 못했을까요?**

A 양색시 여성들에게 호기심과 동경을 갖기 시작하면서 금례는

머리 모양과 몸가짐이 달라졌고, 급기야는 아버지 몰래 밤마다 양색시들의 방에 놀러 다닙니다. 박 첨지도 금례의 몸가짐이 수상해진다는 것을 눈치 채기는 합니다. 하지만 그에 대한 박 첨지의 반응이란 고작 화가 난 사람처럼 두 눈을 크게 뜨거나 재떨이를 땅땅 두들기며 담뱃재를 떠는 것입니다. 이런 태도는 왕릉을 지키려고 담까지 쌓는 행동에 비하면 소극적으로 보이지요. 이런 박 첨지의 태도는 무엇을 의미할까요?

무엇보다도 미군의 주둔을 둘러싸고 부녀가 다른 반응을 보이는 데는 아무래도 세대 차이의 영향이 있겠지요. 박 첨지가 전통을 중시하는 기성세대를 대표한다면, 금례는 서양 문화의 새로움에 호기심과 매혹을 느끼는 신세대라고 할 수 있습니다. 박 첨지가 보기에 미군은 예의도 모르고 풍속을 해치는 외부인이지만, 금례에게는 자극적이고 신선한 서양 문화를 전해 주는 손님과 같은 존재지요. 이 작품에서 박 첨지는 외동딸 금례보다 과거의 유물인 왕릉에 더 매달리고 있는 것처럼 보이기도 합니다. 사실 금례가 마음껏 이웃으로 쏘다닐 수 있게 된 것도 박 첨지가 왕릉의 역사(役事)에 정신이 팔렸기 때문이지요.

하지만 시대적 흐름을 고려해 볼 때, 아무리 완고하고 민족적 자긍심이 넘치는 박 첨지라도 신세대인 금례가 미국 문화에 매혹 당하는 것을 막기는 어려웠다고 봅니다. 그만큼 그의 가치관은 6 · 25 전쟁 이후의 현실 속에서 통하지 않게 된 것이지요. 따라서 금례가 '튀기' 아들을 데리고 집으로 돌아왔을 때 당황하기만 할 뿐 속수무책인 박 첨지의 모습은 어쩌면 당연하게 보입니다. 이미 박 첨지가 생각하는 민족적 순결성은 6·25 전쟁으로 인한 미군의 주둔과 급속한 서구화, 근대화와 더불어 훼손당하지 않을 수 없게 되어 버렸으니까요.

**Q 박 첨지는 금례가 낳아 온 손자 철이를 사랑하지 않는 것 같아요. 왜 그런가요?**

**A** 그래요. 박 첨지는 딸 금례한테 눈길조차 주지 않을 뿐 아니라 손자인 철이가 인사를 올리자 "그만 울상을 하며 고개를 무겁게 돌려" 버렸어요. 왜냐하면 외손자의 '눈깔'이 '노란 빛깔'이었고, '머리칼'도 '노릿노릿'했기 때문이지요. 박 첨지에게 금례가 낳은 '서양 병정의 아이'는 죄스러움과 수치의 대상으로, 혈통의 순수함을 훼손시키는 존재일 따름입니다. 그래서 왕릉을 한 바퀴 돌아보려고 나갈 때도 철이를 따라오지 못하게 떼어 놓지요.

하지만 철이는 아직 어리기 때문에 멋모르고 왕릉에 기어올라갑니다. 박 첨지에게 있어서 왕릉에 올라가는 것은, 그것도 '서양 병정의 아이'인 철이가 올라가는 것은 조상을 욕되게 하는 행위이자, 자신이 신봉하는 절대적 가치를 완전히 무너뜨리는 행위입니다. 그렇듯 박 첨지에게는 그것이 도저히 용납될 수 없는 일이었지만 철모르는 철이가 그런 사정을 알 리 없지요. 마침 냇기슭 흙을 퍼 나르다가 왕릉을 기어오르는 철이를 본 박 첨지는 그만 흥분한 나머지 무거운 흙짐을 이기지 못하고 앞으로 나가떨어집니다. 결국 흙과 지게 밑에 깔려 신음하는 박 첨지와 헤헤 웃는 철이의 모습이 뚜렷한 대조를 이루면서 작품은 막을 내리지요. 금례의 가출을 막지 못했던 것처럼 박 첨지는 손자에 대해서도 아무런 손을 쓸 수 없는 무력한 모습을 보여 주는 것입니다.

## ⚜ 더 읽어 봅시다 ⚜

**6 · 25 전쟁을 계기로 벌어지는 부조리한 현실을 다룬 작품**

**이범선, 〈오발탄〉** _고향을 잃고 실성한 어머니, 꿈 많던 음악도였지만 출산하다가 죽고 마는 아내, 상이군인으로 사회적 불만에 가득 찬 남동생 영호, 양공주가 된 여동생 명숙 등은 모두 6 · 25 전쟁이 낳은 비극의 주인공이다. 이를 뽑고 피를 흘리면서 주인공 철호는 스스로를 '오발탄'이라고 하며 절망감을 토로한다. 한 가족의 삶을 통해 전후의 비참하고 혼란한 상황을 그린 작품이다.

**윤흥길, 〈장마〉** _6 · 25 전쟁에서 상반된 이념을 선택한 삼촌과 외삼촌의 비극적 죽음을 둘러싸고 친가와 외가는 깊은 상처 때문에 서로 반목한다. 하지만 이념적 대립에 휘말려 서로를 증오하던 친할머니와 외할머니는 결국 혈연의 끈을 통해 화해로 나아간다. 민족과 가족이라는 공동체를 통해 동질감을 회복함으로써 분단의 극복이 가능하다는 것을 암시하는 작품이다.

작가 소개

# 하근찬(1931 ~ 2007)

## 민족의 수난을 따뜻한 시선으로 그려 내다

작가 하근찬의 작품 세계를 관통하는 주제는 바로 6·25 전쟁의 의미를 진지하게 탐구하는 것이다. 그는 6·25 전쟁을 직접 체험한 세대일 뿐 아니라 전쟁으로 선친을 잃는 직접적인 희생을 당한 당사자이기도 하다. 교장 선생님이었던 부친은 1950년 추석 다음 날 반동으로 몰려 유치장에 갇혔다가 9월 28일 북한군에게 점령당했던 수도 서울을 국군과 유엔군이 수복할 무렵에 후퇴하는 북한군의 손에 무참하게 죽임을 당했다. 이러한 체험을 고려하면, 그는 누구보다도 전쟁의 무참함과 잔혹함을 처절하게 경험하고 생생하게 기억하는 작가라고 볼 수 있다. 실제로 시체 더미 속에서 부친의 시신을 찾아 수습했던 작가의 경험은 〈위령제〉(1960)나 〈야호〉(1971)에 그대로 재현되고 있다.

무엇보다도 작가의 작품들은 '민족의 수난'이라는 큰 틀로 묶을 수 있다. 그는 우리 민족이 감당해야만 했던 역사적 비극과 그로 인해 겪어야만 했던 희생과 수난을 주로 그리고 있다. 그런데 이러한 역사적 사건은 한 번의 사건으로 끝나는 것이 아니라 할아버지에서 아버지로, 아버지에서 아들로 이어지는 커다란 흐름을 형성한다. 왜냐하면 외국 열강의 침략을 받아 온 이래 우리 민족은 일본 제국주의에 의해 식민지 통치를 겪어야 했고, 해방이 되면서

6 · 25 전쟁을 치러야 했기 때문이다.

작가의 작품에서는 민족의 수난이 세대에 걸쳐 삶의 공통분모가 된다는 인식, 그러니까 모든 세대가 공통의 수난 앞에서 힘을 모아 앞날을 헤쳐 나가야 한다는 인식 또한 엿볼 수 있다. 〈수난이대〉(1957), 〈흰 종이수염〉(1959), 〈나룻배 이야기〉(1959) 등은 모두 이러한 인식을 잘 보여 주는 작품들이다.

작가의 작품에서 가장 두드러진 특징은 민족적 수난, 특히 6 · 25 전쟁의 의미를 드러내는 데 있어 육체적 손상을 가장 눈에 띄게 부각한다는 것이다. 전쟁이 남긴 상처에는 정신적 상처도 있고 육체적 상처도 있는데, 하근찬의 문학은 '불구자 문학'이라고 불릴 만큼 신체적 훼손을 주요한 모티프로 삼고 있다.

〈수난이대〉에서 진수는 한쪽 다리를 잃었고, 〈나룻배 이야기〉에서 두칠이는 얼굴, 팔, 다리 할 것 없이 지뢰를 밟아 흉측하게 변했다. 또한 〈흰 종이수염〉의 아버지는 한쪽 팔을 잃었으며, 〈왕릉과 주둔군〉에서 금례가 미군을 상대로 성매매를 하는 것도 어떤 의미에서는 육체적 훼손이라고 볼 수 있을 것이다.

나아가 작가의 작품 대다수에는 전쟁으로 인한 숱한 죽음(육체적 소멸)이 등장한다. 실제로 6 · 25 전쟁이 일어남으로써 우리 민족은 전체 인구의 6분의 1이라는 어마어마한 수의 사람들이 목숨을 잃거나 다쳤으며, 가족과 생이별을 해야만 했다. 작가가 보기에 이러한 막대한 희생과 비극은 무엇보다도 '신체'에 먼저 새겨지는 것이었다. 그래서 육체적 손상을 다루는 대목은 아주 자세하고 잔인하게 묘사하는 기법을 취한 것이다.

작가의 작품에서 드러나는 또 다른 특징은 반공 이데올로기를 표가 나게 내세워 공산주의를 공격하거나 인민군의 만행을 고발하는 것이 아니라, 6·25 전쟁을 민족 전체의 수난으로 파악하고 있다는 것이다. 나아가 미군으로 대표되는 강대국의 영향력에 물들어 가는 한국 사회의 종속적 성격을 비판하고 있다.

〈왕릉과 주둔군〉은 미국이라는 외부의 압력을 직접적으로 다루고 있다. 작가는 이 작품에서 물질적 풍요로움을 앞세워 순박한 한 처녀를 미군의 성매매 상대로 전락시키는 미국이란 존재에 대해 진지하게 생각해 보자고 말을 거는 것 같다. 또한 왕릉에 집착하는 고루한 사고방식으로는 밀려 들어오는 미국의 압력에 제대로 맞대응하기 힘들다고 이야기하는 것 같기도 하다.

또한 〈흰 종이수염〉에서는 미국 서부 영화에 호기심과 기대감에 들떠 있는 마을 사람들이 나오지만, '쌍권총을 든 사나이'란 실제로 우리 민족을 향해 총구를 들이댄 미소 열강일 수 있는 것이다. 우리는 이 작품에서 전쟁의 폭력성이 가시기도 전에 총을 들고 사람을 죽이는 것을 오락거리로 삼는 미국의 서부 영화가 판치는 상황을 비판적으로 읽을 수 있다.

마지막으로 작가의 작품에 나오는 마을 공동체와 그 구성원은 대체로 매우 순박하고 꾸밈이 없으며 현실을 단순하게 인식하고 있다는 점을 알 수 있다. 민중의 소박한 품성은 민족적 비극 앞에서도 굴하지 않고 낙천적으로 미래를 개척해 나갈 수 있다는 가능성을 느끼게 해 준다. 또한 비인간적이고 무도한 전쟁의 참상과는 대조적으로 전쟁의 직접적인 피해자이면서도 인간의 존엄성과 인간다운 품성을 잃지 않는 민중의 참모습이 도드라지게 해 준다. 이런 점 때문에 작가의 작품에서는 아주 따뜻한 온기를 느낄 수 있다. 이렇듯 하근찬은 민중의 눈높이에서 민중의 수난을 바라보고 그 극복 의지를 염원한 작가라고 할 수 있다.

# 연보

1931년 _ 10월 21일, 경북 영천읍에서 아버지 하재중과 어머니 박연학 사이에서 장남으로 태어남.

1945년 _ 전주사범학교에 입학함.

1948년 _ 전주사범학교 재학 중 교원 시험에 합격하여 학교를 그만두고 몇 년간 초등학교 교사로 근무함.

1954년 _ 부산 동아대학교 공학부 토목과에 입학함.

1955년 _ 소설 〈혈육〉이 「신태양」 주최 전국학생문예작품 모집에 당선됨.

1956년 _ 〈메뚜기〉가 「교육주보」 주최 교육 소설 모집에 당선됨.

1957년 _ 단편 〈수난이대〉가 「한국일보」 신춘문예에 당선됨.
단편 〈낙뢰〉를 「신태양」에 발표함.
동아대학교를 중퇴하고 군에 입대함.

1958년 _ 단편 〈산중고발〉(〈산중우화〉를 개제)을 「사상계」에 발표함.
군에서 의병 제대함.

1959년 _ 단편 〈나룻배 이야기〉, 〈흰 종이수염〉을 발표함.
교육주보사 기자로 입사함.

1960년 _ 단편 〈이지러진 입〉, 〈절규〉, 〈홍소(哄笑)〉, 〈산(山) 까마귀〉, 〈온혈적(溫血的)〉, 〈위령제〉 등을 발표함.

1961년 _ 단편 〈분(糞)〉을 「현대문학」에 발표함.
교육자료사 편집 기사로 입사함.

1962년 _ 단편 〈나무 열매〉, 〈벽지행(僻地行)〉을 발표함.

1963년 _ 단편 〈왕릉과 주둔군〉, 〈두 아낙네〉를 발표함.
대한교련공제조합 「새교실」 편집부 기자로 입사함.

1964년 _ 단편 〈산울림〉, 〈승부〉, 〈그 욕된 시절〉, 〈도적〉, 〈붉은 언덕〉을 발표함.

1965년 _ 단편 〈낙도〉를 발표함.

1966년 _ 단편 〈삼각(三角)의 집〉, 〈바람 속에서〉, 〈봄 타령〉을 발표함.

1969년 _ 단편 〈낙발(落髮)〉을 발표함.
대한교련공제조합 「새교실」 편집부를 그만두고 집필 생활을 시작함.

1970년 _ 단편 〈족제비〉, 〈너무나 짧은 봄〉, 〈그해의 삽화〉를 발표함.
장편 〈야호(夜壺)〉를 「한국일보」에 연재함.
〈족제비〉로 제7회 한국문학상을 수상함.

1971년 _ 단편 〈섬 엘레지〉, 〈일본도〉, 〈죽창을 버리던 날〉을 발표함.
장편 〈야호〉의 연재를 완료함.

1972년 _ 단편 〈우산〉, 〈삼십이 매의 엽서〉, 〈모일 소묘(某日素描)〉, 〈모일 축가〉, 〈핏빛 황혼〉을 발표함.
중편 〈기울어지는 강〉을 발표함.
장편 『야호』와 단편집 『수난이대』를 출간함.

1973년 _ 단편 〈원 선생의 수업〉, 〈삽미(澁味)의 비〉를 발표함.
중편 〈직녀기〉를 발표함.
〈안개는 풍선처럼〉을 「부산일보」에, 〈월례소전〉을 「여성동아」에 연재함.

1974년 _ 장편 『달섬 이야기』를 간행함.
〈안개는 풍선처럼〉의 연재를 완료함.

1975년 _ 단편 〈수양 일기(修養日記)〉를 발표함.

1976년 _ 단편 〈전차 구경〉, 〈임진강 오리 떼〉, 〈남을 위한 땀〉, 〈탈춤 구경〉, 〈일야기〉를 발표함.

1977년 _ 단편 〈노은사(老恩師)〉, 〈남행로(南行路)〉, 〈후일담〉, 〈준동화〉,

〈장사(葬事)〉를 발표함.
단편집 『흰 종이수염』, 『일본도』를 출간함.

1978년 _ 단편 〈간이주점 주인〉, 〈성묘행〉, 〈유령 이야기〉, 〈소년 유령〉을 발표함.
장편 『월례소전』을 출간함.

1979년 _ 단편 〈산길을 달리는 오토바이〉, 〈두 축하연〉, 〈그림의 진위〉를 발표함.
장편 『남한산성』, 단편집 『서울 개구리』를 출간함.

1980년 _ 〈두 죽음〉을 발표함.
〈산중 눈보라〉를 「국제신문」에 연재하던 중 신문 통폐합으로 중단됨.

1981년 _ 단편 〈겨울 저녁놀〉, 〈고도행(古都行)〉을 발표함.
장편 〈산에 들에〉를 「현대문학」에 연재하기 시작함.
장편 『제복의 상처』를 출간함.

1982년 _ 단편 〈신비한 물결〉을 발표함.

1983년 _ 단편 〈산의 동화〉, 〈바다 밖 2제(二題)〉를 발표함.
장편 〈산에 들에〉의 연재를 완료함.
장편 〈산에 들에〉로 제2회 조연현문학상을 수상함.

1984년 _ 단편 〈가랑비〉, 〈잉어 이야기〉, 〈화초 갈무리〉, 〈조상의 문집〉을 발표함.
장편 『산에 들에』를 출간함.
〈수난이대〉, 〈일본도〉로 제1회 요산문학상을 수상함.

1985년 _ 단편 〈이국의 신〉, 〈화가 남궁 씨의 수염〉을 발표함.
평론 〈전쟁의 아픔을 증언한 이야기들〉, 〈전쟁과 수난 – '수난이대'〉를 발표함.

1986년 _ 단편 〈공예가 심 씨의 집〉을 발표함.

〈작은 용〉을 「문학정신」에, 장편 〈은장도 이야기〉를 「2000년」에 연재함.

소설집 『소설 석가모니』를 출간함.

1987년 _ 단편 〈이삿날〉을 발표함.

중편 『여제자』를 출간함(후에 '내 마음의 풍금'으로 영화화됨).

1988년 _ 『산울림』, 『작은 용』, 『화가 남궁 씨의 수염』을 출간함.

중편 〈검은 고기〉를 「월간 통일」에, 〈쇠붙이 속의 혼〉을 「전북도민신문」에 연재함.

1989년 _ 제6회 류주현문학상을 수상함.

1990년 _ 장편 『징낑맨이(〈쇠붙이 속의 혼〉을 개제)』를 출간함.

1991년 _ 단편 〈매매 계약〉을 발표함.

장편 『검은 자화상(〈검은 고기〉를 개제)』을 출간함.

1992년 _ 『금병매』를 출간함.

1993년 _ 〈제국의 칼〉을 「한국경제신문」에 연재함.

1995년 _ 장편 『제국의 칼』을 출간함.

1997년 _ 산문집 『내 안에 내가 있다』를 출간함.

1998년 _ 보관문화훈장을 수상함.

2007년 _ 11월 25일, 타계함.